笑う風 ねむい雲

椎名 誠

集英社文庫

目次

笑う風　ねむい雲

旅の窓から見ていた
あわいの空や
ころがっていく
風のことなど……。

旅に出る時、カメラをカバンの中に放り込んでいくようになったのはいつの頃からだろうか。

もともと旅の写真を撮るのが好きだった。

今のように文章や写真で旅の話を書くようになるずっと以前から様々なスタイルの旅をしていたが、その頃持ち歩いていたカメラでどんなものに興味を抱き、それらの印象をどんなふうに写真に切り取っていたのだろうか……。

ときおりそんな当時のことに思いをめぐらせるのだがはっきりした記憶はない。もとより仕事として写真を撮っていたわけではないのだから、その頃の写真というのは旅の折々、かなりストレートに私の視覚に飛び込んできた風景や人などにそのままレンズを向けていたものばかりの筈《はず》だ。

つい最近、膨大な旅の資料や記録などを整理処分した。部屋の隅の方にいつそんな所に放り込んだのか記憶の片隅にも残っていないような木箱があって、そこに大小様々な古びた写真の入ったファイルがあった。まさしくそれは、私の遠い昔の旅の折々になんということもなく撮っていたものを放り込んでおいた古い写真のカタマリなのだった。

この手の片付け仕事の敵は、まさしくそんなものといきなり出くわす事態である。ほんの数枚、というつもりで開いたそれらの写真ファイルを、私はいつの間にか部屋の窓から射《さ》し込んでくる西陽《にしび》が力を弱め、もう明かりを点《つ》けなければ判別できなくなるくらいまでの長時間、じっくり、ざわざわと眺め続けていたのである。ざわざわというのは、本当にその時のなんともおさまりどころのない気分の高まりを形容してのものである。

それらの写真には名前すらすぐに思い出せないような遠い昔に出会った人々の顔などがある。その背後に、もう多分二度と見ることのできないであろうはるかな昔の薄ぼけた、それでもきっぱりと青くひろがっている都会の空や、地名も覚束《おぼつか》ないような、遠い記憶にからむいくつかのおだやかならぬ風景などがある。それらは紛れもない、唐突でやみくもな、私だけができる過去への時間旅行なのであった。

それらの膨大な写真をひと通り眺めている間に私はあることに気がついた。窓からとらえている風景がとても多いのだ。どこかへ向かう列車の窓から見た原野の風景、あるいは海べりに面した旅の宿の少し開いた扉からのまばゆい陽光とその先の光る海。あるいはまたじっくり思い起こせば、ああこれはあのときのあの場所なのだ、と思える印象深い旅の、世話になった知人の家の窓から見た庭の草や花。

情景は様々だけれど、どうも私はそのじぶんから窓から見る外の風景を写真に撮るのが好きだったようである。そういえば、今でも私はどこか遠い外国の旅に出るとき、飛行機の窓際の席が取れると子供のように素直に嬉《うれ》しい気分になる。本を読むことやずっとひとところに座ったまま酔いを深めていくだけの酒に飽きたとき、眼下を通り過ぎていく高みからの予想もしないような風景に心を躍らせることが多いからだ。高空を飛ぶ飛行機の窓の下を、私よりもはるかに遅い動きでぐんぐん遠のいていく雲の連なりを見ているのは、理屈も何もなしに心地のいいものだ。雲が高さによっていくつもの層を異《こと》なえ、さらにそれぞれの動きがみんな違っている。なにかに追われるように慌てて走りすぎていく薄雲の下にぼんやりいねむりをしているような雲が広がっていたりする。

あるとき、雲が切れ、中央アジアの高くて深い山ひだの間を光る龍《りゅう》のようにくねっていく大河を見た。見渡す限りの数千キロに人の気配を感じない壮大な音のない

世界だ。

またある季節、日本では絶対に体験し得ないような極寒の雪の大地の連なりの上を飛んでいる間、思いがけない場所にぽつんぽつんといくつかの灯火を見たとき、私は静かに感動していた。そこに誰か、私のまったく知らないどこかの民族のひっそりとした家族の営みがあるのだろう。そのささやかな息吹を、そしてそこに住む人々のぬくもりを、私はなにか弱い電流のようなものにしびれたように体のどこかでそれを感じとることができたからだ。

そんなふうなはるかな高みからの窓の下の風景。あるいは海上を行く船の小さな船室からの荒れる波の風景。ごとりごとりという鉄の車輪の回転音が聞こえるのんびりした大陸横断鉄道の、簡単には人の力などでは開けられないような上下スライド式の汚れた窓からの、黄砂にかすんだ異次元ふうの風景。

思えば私はずいぶん沢山のそういった旅の窓から眺める風景をちっぽけなフィルムのフレームにとらまえてきた。

どこの国のどんな土地でも、そこに荷を解いた旅の宿の窓から最初に眺める風景は、旅をするものの気持ちに直接なにかを語りかけてくる。心地のいい風景もあれ

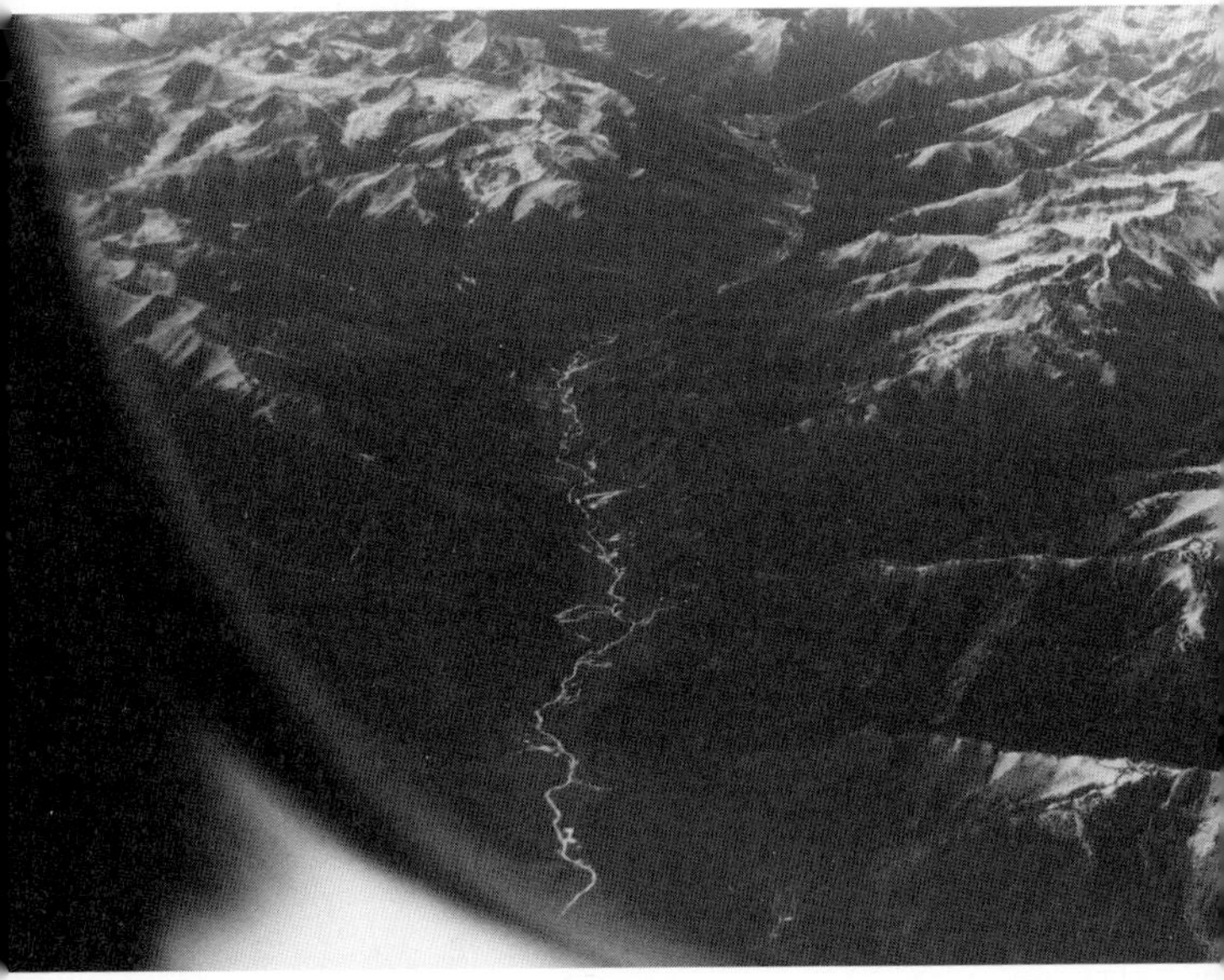

ば気の滅入《めい》る景色もある。

あるとき南米の聞いたこともない川のそばの、やはり聞いたこともない町の宿に急に一泊せざるをえなくなった。

長い旅の途中であった。予定通りいけばその日は飛行機でそんな名もない川や町などとうに飛び越えて、もっと刺激的できっと様々に心地のいいはずのちょっとした中都市のホテルに荷を解くはずであった。しかし強い風が吹き荒れていて、私の乗る予定の二十数人乗りの小さな飛行機はとても飛び立つ力などなく、さらに状況によっては二、三日その町に停滞を余儀なくされるかもしれない、と聞かされてもいた。

通された部屋はバランスの悪い小さな窓がひとつだけ。壊れているのではないかと思うぐらい電気の明かりも照度がなく、今はまだ夕刻前だからなんとかなるもののこれで夜になったら牢獄《ろうごく》に入れられたような気分になるのかもしれないなあ、などと私は早くも鬱屈した気持ちになっていた。

妙なことに私の思いの唯一の救いは、その小さな窓の正面に見える赤い色をした貨物船だった。なにかの都合で錨《いかり》を下ろし、そこに長時間停泊しているらしく、風の音に乗って重いエンジンの響きが聞こえてくる。私はカメラを取り出し、その船

をむやみに何枚も撮り続けた。

ありがたいことに翌日もその船は停泊したままだった。風は衰えず、飛行場への問い合わせの電話は三度とも芳しいものではなかった。私はさらに数日の停滞を覚悟し、その小さな窓の向こうの赤い船を、ずっと私と同じように停滞したままでいてほしいと祈るような気持ちで眺めていた。

そのときの古ぼけた写真がまだ私の手元にある。遠い昔の静かで懐かしい写真である。そのとき全身で感じていたあまり理由のよくわからない焦燥やいらだちを、今でもその写真から思い起こすことができる。


南米パタゴニアのある羊牧場の宿舎で数日過ごしたことがある。牧場主の計らいで私はその牧場に働く、ガウチョと呼ぶ牧童らと毎日食事を共にしていた。粗末な献立で、毎日のそれは羊の肉とジャガイモの入った塩味のスープにひどく固いパンだけであった。それでも古ぼけたビンに入った赤いワインを二、三杯飲めるのが嬉しかった。

そのときも停滞が続き、私は妙に腹ばかり空《す》かせていて、食事の始まる時間よりも前にひとりで食堂へやってきてしまうことが多かった。赤茶色のペンキで塗られ

た部屋の正面のガラス窓から、なかなか暮れない外の光が入り込んでいた。汚れたガラスがフィルターのような役割を果たし、その殺風景な部屋をいくらかやわらかく照らしてくれているのが嬉しかった。いささか気弱になっていた私はその窓の向こうに、そこからは気の遠くなるほど遠い我がふるさとの家族のことなどに思いを巡らせていた。

イギリス系の移民が多い、フォークランドの小さな島の民宿に泊まっていたときは、角部屋の窓から毎日北の海と空を眺めることができた。それはすばらしく贅沢《ぜいたく》な風景だった。まるでイギリス童話に出てくるような、眼鏡をかけて背筋をしゃんと伸ばした女経営者のアンおばさんは、朝七時と夕方七時にきちんきちんと、あまりおいしいとはいえないイギリス流の食事を作ってくれた。食事の折になんだか酒を飲むのも憚《はばか》られるような正しく端正な宿であり、我が怠惰な日常生活を振り返ると、こういう日々もあんがい悪くはないぞ、などと思いながら、やはりその端正な角部屋の窓の外の風景をまじめに眺めていたものだ。

様々な旅をした。窓のない宿というのもあった。窓がないかわりにかつて出入り

口だったらしいドア一枚分のスペースがそっくり窓がわりにあいているのだ。部屋の中にはベッドがひとつ。出入り口はガラスの入った引き戸で、そこに乱暴かつ下手くそなペンキ文字で「ROOM　NO1」と書いてあった。もちろん鍵などなく部屋はどう数えても二部屋しかないのだ。だから隣の部屋は「ROOM　NO2」なのだろうが、とくにそういう文字はなかった。パプアニューギニアの小さな町はずれの宿で、夜になると閉まらないドア一枚分の窓からおびただしい蚊が押し寄せてきた。ふさぐ戸がないから蚊の出入りはまったく自由なのだ。ずっとあいたままのその窓から何もない外の風景を何もすることなく長いこと眺めていたものだ。

ガラスや板戸のない窓というのは、日本の普段の生活ではなかなか見ることがない。やはり旅だからこそ出会うことができる風景なのだろう。

日本の家屋で私が非常に印象的だったそうした風景は、南の離れ島、西表島《いりおもてじま》の上原という集落で数日過ごしたときのものだった。民宿ということで紹介されたのだが、私の通された部屋はなかなか立派な構えの離れ仕様になっていて、それは少し前までその家の誰かが住んでいたような気配だった。その家族の構成から考えて、一家の祖父や祖母といった人が暮らしていたのだろう。八畳ほどの畳敷きの向こうに広い廊下があり、部屋の中からそっくり庭を見渡すことができる。軒下が深く、

南国の熱い陽光が部屋の中にじかに射し込まない構造になっている。窓というにはいささか広すぎる廊下の先の開放された幅二間ほどの開いた空間であった。

いくらか斜光になった南の島の太陽の光が廊下に反射し、私のいる部屋の中も思いがけないほど明るくなっていた。伝統的な沖縄の家屋の造りを見るのは初めてのことで、なんだか私はそれだけでもう旅の喜びを感じていた。廊下と畳が陽の光を反射し、だいぶ長いことその部屋の明かりを点けずにすむようなのだ。

少し前に読んだ谷崎潤一郎の『陰翳礼讃《いんえいらいさん》』の一節を思い出した。部屋の端にある机を少し引っぱりだし、贅沢な自然の光の中で原稿仕事をした。

その宿には五日間ほど泊まっていた。外光がそんなふうに落ちついているからなのか、いつになく私の原稿仕事ははかどっていた。ガラスや板戸で仕切らずに一日を過ごすという贅沢がこの地方にしっかり根づいていたということを初めて知った。

そのような思いはその後数年して旅したミャンマーの、ある僧院でも感じた。板敷きの広い本堂はぐるりとところどころの窓に囲まれていて、そこから心地のいい陽光が射し込んでくる。小坊主が数人、読経の稽古をしていた。私には何やらさっぱり判読できない細かい字がびっしりと書き込まれた経典を、その明かりの中で熱心に読んでいる姿がとてもすばらしかった。その窓にもガラスや板戸はないようだったので、夜はどうなるのだろうかと思った。当然ながら月の夜には穏やかな月の光が射し込んでくるのだろう。贅沢な窓だと思った。

ロシアを旅したとき、日本にはない三重になった窓の部屋に通され、面白くてそれを何度も開けたり閉めたりした。寒い国というのは部屋の中のスチームがきつく、シャツ一枚でも暑いくらいだ。冷蔵庫がないので水筒に入った水を三重窓の内側に入れておくとほどよい冷気をまとって丁度いいぐあいの冷たさになるのだった。窓式冷蔵庫などというものは、そんな旅をしなければ味わうことができない。それも旅の至福のひとつなのだろう、と思った。

なかなかそういう機会に恵まれることがないのだが、ひょんな縁で行き合わせた外国人の普通の家族の暮らしぶりを見せてもらうチャンスが時折ある。特にその家族が毎日同じように繰り返しているのであろう何気ない食事の風景などを見せてもらえたとき、私は失礼を顧みずついついカメラをそこに向けてしまう。もちろんその前にきちんと断りを入れてのことだが、数日前まで私とはまったく接点のない遠い世界の小さな家族のひっそりした食事風景などを眺めるとき、私はその食卓の先の窓の風景がやっぱり大いに気になるのだった。

南米アルゼンチンのある町で撮ったそんな窓のある食事の風景で気に入った写真

が一枚ある。何かの理由で親と子の食事の時間を分けている家庭だった。子供たちは行儀よく、それはそれでいつも決まっているのだろう大人用の背もたれの高い椅子に腰掛け、質素だがいかにも母親の愛情がそのまま皿に満たされているような湯気の上がったスープが各々の目の前にある。恐らくいつもはもっと騒々しくいろんなことを話しながら食べているのだろうが、ふいの外国人の闖入者《ちんにゅうしゃ》のおかげで子供たちの肩のあたりに些《いささ》かの緊張が感じ取れる。食事の匂いを察して、窓の外に毛足の短い大きな犬が一匹、アヒルが三羽いて、それぞれがそれぞれの声でうるさく騒ぎ立てている。食事をしている子供も、それを見守る母親もそんな外の音には無頓着で、なんだか同じようにはにかんでいる。部屋の電気はまだ点けられていないので、光は窓からの明かりだけであった。

そんな風景を眺めながら、私は自分が子供の頃の遠い昔の我が家族の食事の様子を思い出していた。まだ父も母も生きていて、五人の兄弟と居候の叔父がいた。私の人生の中で最も大人数でひとつの卓を囲み食事をしていた時代である。八人も一度に座れる卓は和室を改造した六畳間に置いてあったので、家族全員が座るのがやっとであった。安普請《やすぶしん》の部屋の窓から、同じように外の明かりが入ってきた。不思議なことに冬よりも夏のほうが食卓の上は暗かった。電気代がかかるからと、倹約

家の母親が夏はいつまでも電気を点けさせなかったのだ。無口の父親は食事のときも何も喋《しゃべ》らないことのほうが多かった。父の顔はいつもなんだか怒っているように見えたので、私は電気の点いている冬の食卓よりも、まだ仄《ほの》かな外の明かりで食事をしていた夏の季節のほうが、父の表情がぼやけて見えるぶんだけありがたかった。

私はその頃兄弟五人の中で常に様々な事件や騒動を起こしていて、食事のときの一番の叱られ役だったのだ。その頃の私の家も同じように外に犬が一匹いた。母親がどこからか拾ってきた貧相な雑種で、大した意味も理由もなくやたらに吠《ほ》えてばかりいる困った奴《やつ》だった。

名前はジョンといったなあ、と、私はその時代からも、そしてそのふるさとからもとんでもなく離れたアルゼンチンの原野の、その家族の名前もまだしっかり覚えていないようなかれらの食事風景を眺めながらぼんやりそのようなことを思い出していたのである。

割合最近の旅なのだが、アメリカとチベットに続けて行ったことがある。二人の子供が成人してからアメリカに住んでいるので、家族が一堂に会するということがほとんどなくなってしまった。子供らは時折別々に日本に帰ってくるけれど、一家

が揃《そろ》っていうことは数年に一度という状態になっていた。

　家族が家族としてその状態を自然に認識し合えるのは、単純なことにどうもその食事風景にあるような気がする。

　アルゼンチンのガウチョの家のひっそりとした食事風景を眺めていたとき、自分が子供の頃の我が家族の食事風景を思い出していたのだが、日によって一人や二人は欠けることはあっても、当時はほぼ連日家族が揃って食事をしていた記憶がある。けれどその頃の記憶をもっと鮮明に探ろうとするのだが、なんだかいつも恐《こわ》い父の表情をはじめとして、母や、懐かしい沢山いた兄弟たちの表情はどれもが朧《おぼ》ろである。

　考えてみると、父は私が小学生のときに亡くなったし、兄や姉たちはその後すぐにそれぞれの理由で家を出ていってしまったから、家族八人が全員揃って食事をしていた時期などというものは、我が記憶の深淵《しんえん》をどんなふうにまさぐってもそれほど大した年数を積み重ねている訳でもないのだ。家族がつつがなく顔を揃えてひとつの食卓を囲んでいることができる日々など本当にうたかたのものなのだ。

　早々と家を出て行った兄や姉たちに倣《なら》って、私も十九歳でその家を出た。そしてそのあとそれなりに馬鹿げた経験と年数を重ねいつかまた自分の家族を構成していたのだった。

　二人の子供が生まれ、妻方の義父母を交え、私たちが新たにこしらえた家族は六人という、当時としては結構な大家族という時代があった。そして庭にはそのときも犬が嬉しそうに走り回っていた。

　けれどまもなく、その義父も義母も他界し、二人の子供は外国で暮らすようになった。犬も犬としての寿命を終え、私たち夫婦はやがてその家を出た。

　私が再構築した家族のあの食事の風景もやはり思いがけないほど短い時間の、うたかたの時でしかなかったのだ。


　アメリカにいる子供たちに会いに、私と妻は初めて一緒にニューヨークに行った。その街に住んでいる娘が用意してくれていたのは、セントラルパークを目の前にした古い造りの静かで広い部屋のあるホテルだった。ひとつの部屋に窓が二つ。セントラルパークの向こうには遠い山並みを見るように、いかにもアメリカらしい高層ビルが折り重なって見える。私はそのときもいくつかの窓から外の風景を写真に撮った。

　その晩はその部屋から出かけずに家族揃って食事をした。大都市なのに窓の向こ

うは騒々しい明かりもなく、私は久しぶりにくつろいだ気持ちになっていた。

考えてみると私も妻も別々に外国へ出かけていることが多く、一緒に外国旅行に行くなどというのはそのニューヨーク行きが初めてのことだった。子供たちを含めて家族揃って食事をしたのは一週間滞在したうちのほんの数日であったが、明日私たちが日本に帰るという日、ダウンタウンのはずれにある小さなギリシャ料理店で、まあとりあえずの束《つか》の間《ま》の再会のお別れ会をすることになった。

子供たちが選んでくれたその料理店では、ＢＧＭなどのうるさい騒音が嫌いな私たちの嗜好《しこう》を考慮してくれて、店の奥にある小さなテラスに席を取ってくれていた。といっても大都会の巨大な建物の林立した中のテラスである。見回すと周囲は高い建物だらけで、つまりは正真正銘のビルの谷間の中であった。

料理はあまり手の込んだ味付けなどはされておらず、どちらかと言えばさっぱりした日本風の海鮮料理のようなものばかりだったので私は充分満足していた。二時間ほど、思い出話を含めた静かな会話をして、私たちはまたいつかどこかで会ってみんなでこうして話をしよう、と単純な約束をして別れた。

物事の運びというのは不思議なもので、それから三カ月後に、私は妻に引きずられるようにしてチベットへ行った。私も妻も昔から旅が好きで、まあこんな旅好き

の性癖がうまくかみ合って結婚したようなものだったから、私たちがひとつの家庭を作り、子供たちを育て、彼らが成人し独立し自分の進みたい道を行くようになり、家を離れたあとは、私と妻はとりあえず最低限の責務を果たした解放感もあってか、それぞれ自分の好きな国へけっこう長い期間旅をするようになっていた。

お互いにそれらの旅は仕事が絡んでいるということもあったが、つきつめれば結局その時期は自分が行きたい場所に出かけていくという形になっていた。いつしか行くべき場所は二人ともそれぞれに定まってきていて、私は中央アジアのモンゴルと南米の最南端のあたりへ、妻はチベットに傾倒していったのだった。

チベットへまだ一度も行ったことのない私は、なんだか妻に引きずられるような恰好《かっこう》で、雲の上の国、いわゆる雲表の山岳民族の国へ行った。そこでは妻の知り合いの沢山のチベットの人々と会い、想像していたものとまるで異なっていた彼《か》の国の様々な風景を見ることができた。そこでも私は土で造られた家々の、窓からの風景に気をとられた。石や土でできた壁は厚く、それまで私が見てきた国々のどこよりも、そこから見る風景はカメラを向けて覗《のぞ》いた感じが異なって見えた。レンズの向こうにもうひとつレンズがあるような感じだった。

ゴンパと呼ぶ寺院に行くと、厚い壁の所々に小さな窓が開いている。バターによ

る灯明の独特の匂いに満ちた寺院の中は、おしなべてどこも密度の濃い暗闇が支配的で、私はその思いがけない闇の濃さに常に圧倒されていた。だからこそ所々に穴を穿《うが》つようにしつらえられた石と土の厚い壁の中の小さな窓の向こうの風景に心が惹《ひ》かれた。寺院には絶えず沢山の人々が出入りしている。そんな小さな窓の向こうを僧衣をまとった男か女かもわからない人影が歩いていくのを見つけて、弾《はじ》かれるようにカメラを向けてシャッターを押したりした。

私たちの滞在中に、旧暦の正月があった。その国の人々は新年といっても大勢でどこかに繰り出すという訳でもなくたいがいは家族と一緒に、チャンやアラックという名の彼の国の酒を飲み、ごちそうを食べて、家族ゲームのような遊びをやりながら新しい年の到来を静かに祝っているのだった。

ひとつだけ賑《にぎ》やかな騒ぎがあったのは、大晦日《おおみそか》の厄払いの儀式だった。各家が大掃除をして家の中で仏事に使う道具に灯をともし、それを振り回して悪気払いをする。追われた悪気が戸外へ逃げ出すので、それを爆竹を鳴らしながらさらに家の遠くへ追い払っていく、というなかなか賑やかな儀式だった。おもしろがって私もカメラを持ってついて行った。主都ラサといえども郊外の夜は暗い。街灯などあまりなく、家々の明かりが窓からこぼれ出るのがせいぜいの町の灯である。爆竹と同時にそこここで花火が打ち上げられる。行き着いた路地の先に大きく窓を開け放った家があり、何人かが窓からそのありさまを眺めていた。

初めてのチベットを、妻に連れられてかなりあちこち歩き回ったが、どの家、どの寺院に行っても窓からの風景がやっぱり私には気になっていた。

シガツェというラサから二百数十キロ離れた小さな町の寺院で、僧侶たちが経を唱えながら彼らの国の主食であるツァンパ（ハダカ大麦の粉）を練って団子状のものを作っている風景に出会った。相変わらず寺院の中の光はわずかなものだったが、僧侶たちの背後にある窓の向こうから入り込んでくる昼前の陽光の、なにかただならぬ力に満ちた鋭さが、なんだか私の気持ちの奥底をぶるぶると震わせた。充満するバター灯明の匂いと、なぜか心の内側に静かに激しく心地のよい刺激となって入り込んでくる読経のリズムと、厚い土壁の向こうからの光の束が私のどこかを畏怖させたようだ。

チベットはちょっとした都市でも三五〇〇から四〇〇〇メートルぐらいの高地にあり、取り囲む山々は常に鋭く険しい。冬は雪の白、春は農作物や野草の緑が彩りをつくってくれてはいるが、多くの季節は猛々《たけだけ》しい土の剝《む》き出《だ》しの色が支配してい

る世界だ。そうした風土に比べると、私がいつの間にか傾倒していったモンゴルは草原の国であるから、いつも視界の隅々まで緑の色が支配していて、草原とはいえどたいていどこからでも見える木の殆《ほとん》ど生えていない低い丘陵のつらなりは、そのどれもが柔らかい曲線によって構成されている。そんな緑の草原の川べりにゲルが並んでいる。遊牧民が暮らす半球形の移動式テントである。

ゲルには出入り口がひとつあるだけで、窓にあたるものはない。けれど天井に換気や採光のための直径一メートルほどの天窓のようなものが開けられている。紐《ひも》つきのシートがあって、雨が降ればその紐を上手に操作してすっぽり塞ぐようになっている。元々雨の少ない国なのでそれで不自由はないのだ。

モンゴルに行くと私はいつもそういった遊牧民のゲルに泊めてもらう。昼ならば横たわって見上げるその天窓の向こうに、申し訳ないほどに色の濃い青空とそれに対比する白い雲が見える。ぽっかり開いたその天窓からの風景を眺め、人はなぜ旅をするのだろうか……などというようなことを考えたりするのである。

アマゾンの老漁師の家には
ベンジャミンという名の
ワニが棲みついていた。

アマゾン川は大きい。諸説あるが原流から大体六七〇〇キロぐらいといわれている。日本列島を三つ並べてもまだ川の流れが余ってしまうのだ。しかも河口の幅は四〇〇キロぐらいはあるらしい。日本で一番長い信濃川《しなのがわ》が三六七キロだからアマゾン川の河口はそれよりも広いわけでどうも思考の組み立てに困る。河口にマラジョ島という九州ぐらいの大きさの川中島がある。

アマゾン川を語る話の冒頭にはこういうふうにたいていこのスケールの大きな数字が書かれることが多い。とにかく日本という国の尺度では考えられないぐらい巨大な大河であるということを示すには一番わかりやすいからだろう。

河口のベレンに立って大河を眺めると、遥《はる》か向こうに岸辺らしいものが見える。しかしそれは対岸ではなくて途中にある、つまりは中州、川中島なのだ。地球の曲面を考えると、地表に立って眺め渡せる距離ではない。大西洋とアマゾン川がどこかで完全に一体化している感じだ。

マラジョ島に行こうとヘリコプターで飛んだら、その途中に白い小さな島があった。ポルトガル語のそれを直訳すると、「蚊島」である。蚊のように小さな島という意味だろうか。草木が一本も生えていない。なんだか面白そうな島なので、マラジョ島から小舟に乗ってその島まで行ってみた。平均の海抜は二、三メートル。本当に砂ばかりの島だ。ところどころに水たまりがある。見ると小魚がたくさん泳いでいた。一時間ほどぶらぶらして帰りにまたその水たまりを見たら、もうすっかり水は干上がっていて、二百匹ぐらいの小魚が半分ほど死に、半分ほどが時折ぴちぴちと動いたりしている。この島は潮の干満によって一日一回必ず水没してしまうのだという。直径で三キロぐらいはあるでっかい〝蚊の島〟の浮沈島であった。

ベレンに飛び、そこからさらにテフェというアマゾン川中流域にある小さな町まで行った。テフェは古い町で、二百年前にここを訪れたイギリスの博物学者H・W・ベイツが『アマゾン河の博物学者』（思索社）に当時のこの町の風物を詳しく書いている。当時はパラといった。町のまん中に教会があってそのあたりの風景は二百年前とほとんど変わっていないという。

テフェのハンモック屋さんに行って、これからの旅で一番重要なハンモックを購入した。ハンモックにも上中下があって、どうもそれは強度と織り方の違いがあるらしい。南国のリゾートホテルにあるようなハンモックとはだいぶ違っていて、広げると畳一畳分ぐらいの大きさがある。殺虫剤のDDTの臭いがものすごい。虫よけ、蚊よけがその段階で施されているのだろう。どうせなら、ということで一番質のいいものを買った。邦貨にして一五〇〇円。ハンモックには蚊帳《かや》がつきものである。個人用のもので、蚊帳の中にすっぽりハンモックが入るようになっている。

そいつを携えてテフェから船でさらにアマゾン川の上流に進んで行った。そこから先は奥アマゾンという領域に入る。もう町も店もなく、インディオの末裔《まつえい》等が住んでいるようなエリアだ。

雨季の最後の頃だったので川の水量はおびただしいものだ。乾季の頃のアマゾン川は中流域になると何本かに分かれて、それぞれがせいぜい幅二～三〇〇メートル程度だというが、今は全面的に水浸しである。乾季の頃のアマゾン川の水面から比較すると平均一一メートルぐらい水位が上昇しているという。その上昇氾濫した広大な水域は、正確にはわかっていないようだが、一五〇〇キロぐらいのエリアに広がっているらしい。つまりはまあ早い話が日本列島級の洪水になっていると考えればいいようだ。四～五カ月間はその状態が続くという。

水はジャングルの奥深くまで入り込んでいる。普段は草木が密集してそこに様々

な危険な動植物が潜んでいるから、人間が陸路を行くのはほぼ不可能だが、そのようにいたるところ浸水していると、カヌーさえあればジャングルのどこへでも入っていくことができるのだ。これを浸水林というらしい。

アマゾンというとピラニアがすぐに連鎖反応的に語られるが、この時期はピラニアもあちこちに散っているので、川を渡るときにピラニアに襲われて骨だけにされるということもないようだ。だからこのあたりに住んでいるアマゾンの人々は、雨季の浸水林の時期がけっこう好きなようだ。

世話になった家の老主人と私もカヌーで浸水林の奥の方まで入って行った。風のない静まり返った浸水林の風景がびっくりするほど美しい。こういうのを神秘的な風景といっていいのだろう。老主人はそこでその夜の家族の食事用の魚を釣る。餌は木の実であった。そんなもので魚が釣れるのだろうかといぶかしんだが、木の上に猿やその他の動物がたくさん潜んでいて、走り回って木の実を落とす。それを下の魚が食べている習性を利用しているのだ。間もなくタンパキという五〇センチはある巨大な魚がかかった。木の実でそんな大きな魚が釣れるなんて、まるで魔法を見ているようだった。

人々はたくさんの木をつないで筏《いかだ》にし、その上に家を建て、ワイヤーで太い木に

結びつけて流されないようにしている。約半年間の水上生活を強いられるのである。乾季になって水位が下がると、筏の上の家はそのままゆっくりと地面に下りてきて、また雨季がやってきて増水してくるまでのあいだ地面に下りた生活をするのだ。一年間に一〇～一一メートルぐらいを上下する不思議な筏家屋という訳である。

　そのあたり、どこを探しても商店など一軒もない。電気もないしテレビもない。ワールドカップのときは、流域に散在する筏家屋の人々が、ラジオを持っている比較的金持ちの仲間のところにカヌーで集まり、みんなで歓声をあげながら聞いていたという。

　安定した収入というものは特にないので人々の生活は苦しい。何軒かの筏の上の家を見せてもらったが、家にあるものといったら炊事道具ぐらいだろうか。寝るのはハンモックであり、どの家も大家族で十～十五人ぐらいが十畳ぐらいの家に住んでいる。ハンモックは上下に二段でも三段でも重ねて吊《つ》り下げることができるから、そのくらいの部屋でも十五人ぐらいは楽に寝ることができるのだ。

　筏の上から釣り竿《ざお》を振ると一〇センチぐらいのピラニアや、名前もわからないナマズのようなものがいくらでも釣れる。家の裏にはワニが一匹いて、どうやらそれは私の世話になった老漁師の家に寄生しているようだった。名前がついていてベンジャミンという。

　ワニが筏家屋に寄生するのは理由があって、人がいるところ、必ず残飯は出るし糞便《ふんべん》などが流されるので、それを食べに小魚が集まってくる。その小魚を狙って中魚がやってくる。その中魚をもっと大きな魚が食べにくる。それをワニが食べてしまうという、わかりやすい食物連鎖なのだ。

　けれど時折小さな赤ん坊などが行方不明になるという。アマゾン川の流れはけっこう重くてきつく、赤ん坊や子供が筏から落ちて流されたら二度と浮かんでくることはないだろう。体長二メートル、重さ二〇〇キロの大ナマズもいる川だから、子供はワニやヘビなども含めたそんな巨大な連中に食われてしまうのかもしれない。

　そこで暮らす人たちも不漁で魚が獲れないときはワニを捕まえて食べてしまうという。荒っぽくてなんだか少し悲しい世界だが、住んでいる人々の屈託のない笑いが、そんな旅人の鬱屈を吹き飛ばしてくれる。

チベットの
怖い目をした仏さまに
また会いに行きました。

アマゾンの旅から帰ってきてひと月もしないうちにチベットに向かった。チベットへの旅は二回目で、地図を見るとアマゾンよりは随分近いところにあるのだが、行く時間はそれ以上かかる。飛行機の連絡の関係で途中の成都《せいと》という街にどうしても泊まっていかなければならないからだ。

それでも数年前に来た時はその成都に行く前に北京《ペキン》に一泊しなければならなかったのだから、とりあえずチベットの入り口のラサに着くまで一日ぶんは短くなったわけである。

ラサの標高は三六五〇メートル。ひと月前にいたアマゾンから考えると今度はいきなり随分高いところに来てしまったものだ。

高度障害の気配はなかった。前回来た時も大丈夫だったのだ。高山病は人によって随分差があるらしくラサに着いた段階で倒れて動けなくなってしまう人も多いという。

強い陽光がその高山都市、ラサの白っぽく広がる街のいたるところに容赦なく突きささり、冷たく乾いた風が絶えず吹き抜けていた。

チベットの人々は世界の仏教国のなかでも飛び抜けて信仰心が厚い。それだからなのかこれまで多くの歴史ある都市を見てきたが、ここはけっして静かで美しい街とはいえないけれど不思議に乾いた安らぎがあった。舗装の行き届いていない街路には様々な風体の人々が、目的のあるようなないような、それぞれ自分流の体の動かし方で歩き回っている。白い渦巻きのような埃《ほこり》をあげて車が走りすぎる。その先に薄紫の煙が立ちのぼっている。香の煙であった。私の歩いていく先には大きな寺があり、そこまで行くと人々の群れ集う姿があった。

道の両側に並ぶおびただしい数の物売り。かろうじて隙間を見つけ尼さんたちが手にした太鼓を回し経を読む。犬がうろつき、祈る人々がざわめきながら通りすぎる。寺を一回りするこのただならぬ喧騒《けんそう》は、確かによその国の観光地化された寺社にはない張り詰めた「何か」があった。

その「何か」とは、この土地に住む人々の心根に強靭《きょうじん》に堆積する真摯《しんし》な神仏への祈りの心のようであった。私は圧倒された。その白い喧騒のなかで初めて、人間が神や仏に祈りを捧《ささ》げる気持ちの〝源〟の部分を見たような気がした。

数日後、都市を離れ山岳地帯の旅に出ることになった。その日もよく晴れていたが、高所の鋭い大気は私に対して容赦なく立ちふさがった。

風は大地を転がるようにして、遠い山裾から吹きつけてくる。山肌から削り取られた土がそんな風に巻かれて長い斜面を駆け降りてくる様が沢山の砂埃の渦の出現によってよくわかる。

人々はその強い陽光と風のなかで静かに厳しく暮らしていた。私は古い日本製の四輪駆動車で舗装されていない縦貫道路を走っていく。時折、道沿いの小さな集落を通りすぎる。共同住宅のある門には、巨大なサソリの絵が描かれていた。魔除《まよ》けのしるしである。

子供たちが遊んでいる。自転車の三角乗り。縄跳び。タイヤの外れた車輪の輪回し。日本の遠い昔の懐かしい風景がまだここにはふんだんにある。

道の脇に時折速い水の流れが出現する。雪山から解けて流れだしてきた春を告げる水のきらめきだ。茶色い大地はもう何カ月かするとあたりを緑の畑に変える。ハダカ大麦の畑である。

蓋付きの容器を天秤棒《てんびんぼう》の両端にぶら下げた娘らが坂を上がってくる。集落から三十分ほど崖沿いの急坂を下ったあたりにある川から水を運び上げてきたのだ。彼女

らのなかなか厳しい毎日の日課仕事だ。笑い声と歌う声が聞こえてくる。

小さな町に着くと幾つかの店が軒を連ねていた。バターを売る店、椅子や家具を製造販売する店。鍛冶屋、食料品店、祭事の道具を売る店。庭先に縁台を並べた食堂。牛が寝そべり、鶏が時折けたたましい鳴き声と共にあたりの地面をつつく。大きくて獰猛《どうもう》そうな犬が退屈そうにぶらぶら道を横切っていく。砂塵《さじん》を上げて埃まみれのトラックが通りすぎる。

三日目に四七五〇メートルの峠を越えた。そこはカンパラというところで、峠の下に晴れた時にはトルコブルーの、美しすぎて呆然《ぼうぜん》としてしまうような湖、ヤムドクが見えるのだが、その日は雪が降っていて一〇〇メートルぐらいの視界しかなかった。これだけの高度なのだから仕方がない。峠の上には強い風が吹きすさび、休める状態ではなかった。前回来た時の美しすぎて声を失ってしまうような風景が白い風と雪にすっかり閉ざされているのは悲しかったが、この前が幸運すぎたと考えたほうがよさそうだった。

氷河のある峠を越えてその日のうちにギャンツェという町に着いた。山の中の殺風景な町だ。町のまん中にゴンパ（寺院）があってそこには沢山の仏像が高層回廊の小部屋にひっそり収まっている。私の会いたかったとても激しく強い目をした仏

像がその寺の小部屋に座している。

「またやってきました」

とその仏像に挨拶をした。鋭い目をした仏様は以前来た時と同じように黙って私を見据えていた。

寺の中は暗く、バターランプの強烈な匂いの中に低い読経が流れている。埃まみれになってハダカ大麦の畑の間の道を行く。

その町にひと晩泊まった。夜更けまで騒々しく鳴き声を上げる豚や鶏。夜半に風がまたいちだんと強くなった。変電所から送られてくる電気は枕元の小さなスタンドランプの灯を心細げにまたたかせる。停電はありきたりの出来事らしい。さらにいちだんと強くなった風が剝《む》き出《だ》しの電線を激しく揺すっているのだろう。

このあたり、ほんの少し前まで電信柱は日乾しレンガを積み重ねて作った灯台のような形をしていた。木の無い高地の国の人々がその一方でふんだんにある土や石を利用して作り上げた塔なのだ。それらが沢山連なっている場所をその日の午後に通過してきた。最初見た時はそれがかつて電信柱として使われていたとはまるでわからず使われなくなった砲火台の行列かもしれない、と思った。

闇の濃いひと晩をすごし、また弾《はじ》けるような太陽の朝を迎える。鶏どもは早朝か

らけたたましく鳴いて走り回り、その合間に野犬の声が響く。どこかで犬同士の闘いが行われているのだろう。

この町にもまた、祈りを捧げるためにその日その日を生きてゆく人々の集まっていく寺院がいくつもある。

バターの入ったお茶を飲み、固いパンを食べる。搾りたてのミルクが旅人の気持ちと体に心地よい。身支度を整え埃だらけの靴紐《くつひも》を結び上げる。トントンと踵《かかと》に力を入れ、床に両足を打ちつける。

次の街はシガツェで、そこへはまた一日がかりの行程になる。

シガツェから先はずっと標高四〇〇〇メートル以上のチャンタン高原が続く。チベット仏教とヒンドゥー教とボン教の聖山であるカイラスをめざすルートである。

シガツェからカイラスまでどのくらいの距離があるのだろうか。持ってきた本のどこにもその距離が書いてなかった。おおまかな日数しか出ていない。それもルートによって、旅をするスピードによって、そして天候によって全部違うようである。おおよそ一週間から十日ぐらい、というところだろうか。

そういう旅が始まった。

カイラスをめざして沢山の巡礼が行く。歩いて行くもの。トラックの荷台に大勢で乗って行くもの。もっとも凄《すご》いのは五体投地礼拝で進んで行く巡礼である。故郷の村から八カ月、あるいはもう二年たっています、などという巡礼に会った。じわじわと大地に身を投げうちながらゆっくりと激しく厳しく聖山をめざしてやってくるのである。

とてつもない悪路が続くのでトラックはよくぬかるみにはまったりしている。そのたびに満載状態の巡礼者はトラックを降りてみんなして押したり引いたりして脱出をはかる。

それぞれの人々がそれぞれの方法で四〇〇〇メートルから四五〇〇メートルぐらいのところを登ったり降りたりしながら進んでいく。もうその高度ではどこも高山級の高さだが、なにしろとてつもない広さでこの高度が続いているので「チャンタン高原」というのである。高原の意味が日本とはまるで違う。

けれど途中に遊牧民もいる。もとより乏しい高山の生育の悪い草を遊牧の動物の餌にしているのだから遊牧民は一家ごとに大きく離れてぽつんぽつんと点在する。

飼っているのは羊や山羊《やぎ》。ヤクという高山にしか順応しない恐ろしく毛足の長い巨大な牛などである。

遊牧民の住んでいるのはスパイダーテントと呼ばれている。大陽熱を吸収しやす

いように黒い布で覆われ、それをとめる紐が周囲に沢山出ている。強度と張りをつけるために途中に長い棒をいくつも立てているので、遠くから見るとなるほどたしかにスパイダーだ。巨大な蜘蛛《くも》が長い足を立てて座っているように見える。

旅人がとおりすぎると珍しがってそのテントの住人である遊牧民が外に出てくる。みんなけっこうきちんと着飾っていて沢山のアクセサリーなどをつけている。外国からやってきた旅人に何か貰《もら》えるかもしれないからだ。欲しいのは針や糸、老眼鏡、薬など。そういうのをあげると代わりに羊の足を一本くれたりする。

私の旅した季節は毎日よく晴れていた。

川の流れがあるとその側でキャンプする。高山は日が落ちると途端に寒くなる。テントの中に羊の毛皮を敷き、寝袋を広げる。

ストーブで粥《かゆ》のようなものをつくり、羊の肉を齧《かじ》る。少しだけチャンというチベットのドブロクを飲む。あとはもう何もやることがないので寝袋の中にもぐり込む。夜になると必ずどこからともなく野犬どもがやってくる。チベットの犬は黒くて大きくてみんな例外なく獰猛である。犬どもが互いに威嚇しあってテントの外で唸《うな》る声を聞きながら、あきらかに空気の薄い夜気の中でのろのろと眠りにつく旅の日々だった。

アンコール・ワットの
遺跡群にくたびれたので
痩せたノラ犬と
一休みしていた。

最初の日は夜明け前にアンコール・ワットの正面に行った。暑い国の、しかも一番暑い季節だったが、さすがに夜明け前は気持ちのいい風が吹いていた。

私と同じように闇から黎明《れいめい》への時間の流れを、色や光で見ようとしている人がところどころにいるようで、闇の周辺からちいさなささやき声が聞こえてくる。

ほんの少し前の時代にはそんな時間でも遠くで砲声が聞こえていたという。今は漸《よう》く忌まわしい戦争の時代が過ぎて、このようにして闇の中にじっと座って夜明けを待っていることができる。

私の目の前で少しずつその巨大ないくつもの尖塔《せんとう》と石の連なりの輪郭を、透明な夜明け空の空間に現しつつあるアンコール・ワット。

長い時間にわたって戦乱を見てきたそれらの巨大な石の建造物は私の理解力にたいしていいささか大きすぎる。

恐ろしいくらいの赤い朝焼けだった。

恥ずかしいことに私は『平家物語《へいけものがたり》』の語りだしである「祇園精舎《ぎおんしょうじゃ》の鐘の声、諸行無常の響きあり」の出典がこのアンコール・ワットであるということをここに来る直前まで知らなかった。およそ七百年の永きにわたって造られたものである、ということも少し前に知ったばかりだ。だから私は何時《いつ》になく特別な思いでその夜明けの風景を眺めていたのである。

アンコール遺跡には三日通った。アンコール・ワットとアンコール・トム、そしてバイヨンの壁。もとよりそのくらいの時間ではとてもこの巨大な石の王国の深淵《しんえん》を知ることはできない。

アンリ・ムオの本にあったジャングルの中のアンコール・ワットの風景を思い浮かべながら、沢山の汗にまみれてとにかく時間の許すかぎりあちこち歩き回った。

次の日は第一回廊と呼ばれる巨大な石の壁にくまなく彫り込まれたレリーフをゆっくり見て歩いた。デバターと呼ばれるヒンドゥーの女神たちを眺め、バイヨンの壁ではクメール軍とチャンパ軍の戦争の石絵巻を見て歩いた。二十世紀の戦争が少し前に漸く終わったばかりだというのに、この遺跡で見るのはまたもやはるか昔のやはり戦争の風景なのだ。

その時代の戦争は象が戦車のような役割をはたしていたというが、壁画の多くは

びっくりするほど鮮明にそのありさまを描いている。戦闘に赴く象は戦象と呼ばれていたという。将軍のような人が乗っているのかいくつかの戦象の上には大きな日《ひ》除《よ》けの傘が立てられている。

歩いていく雑兵の足元には犬もいる。その兵の飼い犬なのか、あるいはその犬も戦いのためのものだったのか。

水軍の戦いでは巨大な鰐《わに》が死者をくわえている絵もあった。これから私が行こうとしているインドシナ半島最大の湖、トンレサップで行われた戦闘の絵巻だ。すさまじい戦闘風景のレリーフの下には普通の生活をしている町の人々が様々に描かれている。食事の風景や出産している様子。男たちが闘鶏に夢中になっている場面もある。辻説法《つじせっぽう》をしているのは当時の僧侶なのだろうか。

アンコール・トムではあちこちで崩れつつある遺跡を、周囲を取り囲む森の沢山の樹々《きぎ》が侵食し、結果的にその根や幹でしっかり遺跡をくわえたり抱えたりしてそれらの倒壊を支えている光景に圧倒された。

樹木という、命あるものが、崩壊しつつある石の構造物とそれにかかわる永い人間たちの歴史の痕跡をなんとか支えているのだ。

多くの人はアンコール・ワットのほうに行ってしまうので、あまり人がいない。

周囲を取り囲む沢山の樹々と石の回廊に隔てられているのでそのあたりはまったく風が流れず、すっかり空気が止まっていた。

いささか疲れてきたので静まり返った石と樹木の中でしばらく座っていると、小さな息づかいが聞こえた。

ふりかえると痩《や》せた犬が一匹トコトコそこにやってくる。痩せた犬はしばらくその辺の匂いなどを嗅いでいたが、やがて私と同じようにひっそり日陰の下に座った。

そのまま私もその犬も黙って座っていた。

私はいろいろなところを旅しているが、このような世界的に有名な遺跡などに行くことはあまりない。あえて避けていたのだ。理由は簡単で、何も知識のない私には、こういう遺跡群はあまりにも巨大で深すぎて、ただもう圧倒されるだけだから、そのあと旅を続ける気力がなくなってしまうことがよくあるからだ。

危惧したとおりアンコールも私にはいささか重すぎた。

「やっぱりくたびれたぞ」

私はあたりに誰もいないのをいいことに、目の前のその犬にそう言った。

犬は私を少し眺め、それに応えるように、片足で首のあたりをちょこちょこと素早く掻《か》いてみせた。

氷河の上の三本の牙
パイネ山塊に向かう
馬の旅。

久しぶりにパタゴニアへ行った。日本の位置からいうとちょうど地球の反対側、チリやアルゼンチンの先端部分が南極大陸に向かって恐竜のしっぽのようににゅっと長く伸びて出ていくあたりである。

これまでほぼ十年に一度ずつこの地に行っており、今回で三回目である。一番最初に行ったとき、チリのプンタアレナスという人口十数万人の町で数日過ごした。目の前にマゼラン海峡が広がっている。日本と気候は逆で、今回行った日本の五月は、そのあたりがちょうど初冬を迎える季節であった。最初に来たときに夏のマゼラン海峡を見たが、海の色は青黒く寒々しい色調で、いかにも地の果て、そして海峡の果てを思わせた。初冬を迎える今の季節、その青黒いマゼラン海峡がもっと暗く深く重く沈み、海の風は刃先をひらめかせるように容赦なく鋭く吹きつけてくる。

パンパと呼ばれる原野を走り、町から五〇〇キロほど離れた牧場にお世話になった。カルク牧場という。

ここには二十年ほど前、突然訪ねていってしばらく泊めてもらったことがあり、しみじみ懐かしい牧場だ。

大きな牧場のことをこのあたりではエスタンシアというが、パタゴニアのエスタンシアはどこも壮絶に巨大な規模で、例えばそのカルク牧場などは所有面積が東京都の三分の二ぐらいはある。ガウチョと呼ぶパタゴニアのカウボーイたちが暮らしている宿舎は、二十年前のものとまったく変わりなかった。家中、部屋中、ベッドも台所もトイレも、羊の匂いに満ちている。

到着して二日目に羊の丸焼きを作ってくれた。これもまた前回来たときに初めて食べさせてもらったものだ。野外に大きな焚火《たきび》を作り、内臓をとった羊の尻から頭にかけて長さ三メートルほどの鉄串を刺す。そこにさらに一メートルほどの細い鉄棒を横に二本くくりつけ、羊の前足と後ろ足を、まあ早い話、巨大なアジの開きのようにして平らに固定する。これに塩とハーブを溶いた水を塗りつけ、焚火に対して斜めの角度で大地に打ち込む。こういう羊焼き専門の人がいて、付きっきりでこの羊を裏表まんべんなく焼いていくのだ。焼き上がるまでに一時間半から二時間かかる。その焼き方の基本は、これも日本的にいえば、ちょうど囲炉裏端のイワナやヤマメの焼き方とよく似ている。ただスケールが格段にでっかいだけだ。

私はガウチョたちとその羊の周りを取り囲み、右手にナイフを持ち、左手に地元でピントヴィノと呼ぶチリ産の赤ワインの入ったカップを持ってそれをぐびぐびやりながら、羊焼きの人がOKというまでおあずけをくらった犬のように虎視眈々《こしたんたん》と待っている。犬のように「ウー」とは唸《うな》らないものの、気分は全員完全に「ウー状態」である。この羊の食べ方では、あばらのいわゆる三枚肉というあたりを、カリカリに焼けた表皮と内側の脂肪と肉をうまい配分で切り取ってくるのが勝負の基本だ。

羊を焼く料理は世界各国、いろんな方法がある。オーストラリアのアウトバックと呼ばれる砂漠の旅では、羊の尻から頭まで鉄の棒を刺すのはパタゴニアと同じだが、焚火の左右にY字型をした小さな鉄柱を立て、その上に串刺しの羊を載せて適当にぐるぐる回して焼いていくというやり方だった。パタゴニア方式と焼き方の意味は同じだが、ぐるぐる回してまんべんなく全体を焼くところが大きく違う。ぐるぐる回転方式のほうが、斜め立てかけ方式より進化した料理方法のように思えるが、実際にこの両方を食べたときの味の記憶でいうと、圧倒的にパタゴニア方式のほうが旨《うま》い。これは火の通り方にポイントがあるような気がする。絶えず全体を回転させまんべんなく火を通すより、じわじわと片側から（結局は両側だが）焚火の火を浸透させていくほうが、味に深みが出るような気がするのだ。

その牧場で休養し、体力をつけて氷河の先にあるパイネ山塊を馬で目指した。三人のガウチョと十一頭の馬の旅だ。

野地坊主《やじぼうず》の広がる原野をどんどん進み、やがて雪のついた山に入っていく。馬一頭がやっと通れるようなおそろしく幅の狭い崖の道が続き、急な斜面の向こうに氷河から流れてくる川が見える。いくらか傾きはじめた陽光の中でひかる川面《かわも》はいかにも冷たそうだ。途中いくつもの起伏を越えて、谷を降りていく。ときおり冷たい谷川を何度か渡る。

半日ほど進むと青い湖が見えた。我々のキャンプ地だ。パイネは氷河の上の牙と呼ばれている。次の日にはその鋭く尖《とが》った三本の牙がよく見えるところまで進んだ。三本の牙にはいつも雲がからみついていることが多かったが、強い風が吹きつけるとその雲が一瞬引きはがされることがあった。上空には相当に強烈な風が吹いているようだ。天気は雪の日と晴れの日が交互にやってきたが、もう、日ごとに過酷な冬の季節に突入しているのがわかる。

三日目の夜に我々の乗ってきた馬が二頭、プーマに襲われて死んでしまった。冬の到来に備えてプーマも生きるために焦っているのだろう。

人はどこにでも住める。
家ごと動き回ることも
できる。

ミャンマーのインレー湖というところで湖の上のバンブーハウス村を見た。竹の杭《くい》の上にやはり竹で作った家が立っている。水面耕作をしていて畑は水草でできた浮島である。流れていかないようにこの浮島の畑は綱でくくられバンブーハウスにつながれている。

竹の豊富な国だから家を竹で作るぶんにはたいして金がかからない。魚は家のまわりに沢山いるから暇なときは窓から釣り竿《ざお》を出して半分居眠りをしながらの釣りだってできる。農作物を沢山作りたかったら、あちこち気まぐれに流れている浮き草をせっせと集めてくれれば浮き草の耕作地をどんどん増やしていくことができる。浮き草といっても沢山集めて固めると結構しっかりした〝農地〟になり、人がその上を歩いても多少フワフワする程度で、作物の耕作はいろいろできる。常に水の上に浮いているから水などやる必要もなくまったくのんびり楽しい風景なのだ。

カンボジアのトンレサップという湖は乾季には琵琶湖《びわこ》の五倍ぐらいの大きさだが、

雨季になるとメコン川の水が逆流してきて琵琶湖の十五倍ぐらいの大きさになってしまう。勿論《もちろん》アジアで一番大きな湖で、見たかんじは殆《ほと》ど海である。

トンレサップの家は、前の章で書いたワニが棲《す》みついている奥アマゾンの筏《いかだ》の上の家とよく似ている。

アマゾンの場合は浮力のあるバルサの木で筏をつくり、その上に家を建てていたが、トンレサップのあたりは竹が豊富なので、竹を沢山切ってきてそれをフロートにした竹筏の家が多かった。

このメコン川がベトナムに流れ入り、河口のほうにいくと、その幅は二〇キロ以上になる。そこに沢山の柱を立てて網を張り、魚を捕っている定置網漁師がいた。

川と海がまじりあった汽水域は獲物が豊富なのだ。漁師は柱を竹でつないで左右二〇〇メートルぐらいの網を張り、その真ん中に小屋を作って毎日そこで暮らしている。一カ月のうち二十六、七日間そこで暮らしていて陸に月三日ぐらい上陸するという。殆ど鳥小屋のようで中は二メートル四方。海の風に小屋はたえずブルブル震えていた。低気圧がくると生きたここちがしないという。

インドネシアにはバジャウという海の上で暮らす人々がいる。かれらは一般的に漂海民と呼ばれており、船を家にしていたり、珊瑚礁《さんごしょう》の浅い海の上に海上の家を建

て、ナマコをとったり、海藻を海の中の畑で育てたりしてそれを収穫している。トンレサップの竹筏の小屋とちがって自由に動き回れるぶんだけ船の家の方がよさそうだ。しかしそれでもまあこうして川でも湖でも海の上でも人間は平気で暮らしていけるのだ。

中国の奥地では土の中に住んでいる人々を見た。高台の下に大きな縦穴を掘ってその中に住んでいる人と、固い土の崖に横穴を掘ってそこで暮らしている人々の両方があって、どちらもやっぱり平然としていた。縦穴の中に住んでいる人は、地中は温度が平均しているので暮らしやすいが、豪雨のときに困ると言った。横穴の人は水汲《みずく》みの労働がきついと言った。

アフリカではやはり土で作ったマサイ族の家に入った。土と牛の糞《ふん》を固めてつくったもので、長さ六メートル、幅四メートルほどの大きさだった。背の高いマサイ族には気の毒なほど屋根が低い。家の中は乾燥して外よりいくらか温度が低く、牛の糞の臭いもさして気にならなかった。家の中の通路が狭いのは猛獣などが簡単に侵入してくるのをふせぐためらしい。マサイ族の主婦が「ここがリビング。ここが寝室」と教えてくれるのだが、どれも同じように見えた。

人がどこにでも住めるということで一番驚いたのは、アルゼンチンの最南端の町、ウスアイヤに行ったときのことだ。そこはアルゼンチンの最南端というよりも南半球最南端の町である。

チリ側から車で国境を越え町に近づいて行ったら、道路の先に家が一軒建っている。その手前には枝道というものもなかった。どういうことなのだろうと車を止め、家のそばまで歩いていくと、その家は道路の上を少しずつ動いている。ますます訳がわからなくなって家の前方に行くと大きなトラクターがワイヤーで家を引っ張っていた。その家のまわりにバケツを持った男が数人歩いている。大きな丸太に載せた家を強引に引っ張っているので摩擦熱でときおり丸太がくすぶりだし、その火を消すのが男たちの仕事だという。

後日いろいろわかってきたのだが、その家は引っ越しをしていたのである。なんでそのような丸ごと家一軒引っ越しという乱暴なことをしていたのか。それはアルゼンチンの当時の経済事情に理由があった。ウスアイヤは当時沢山の開拓産業が生まれ、いろんな工場がつくられていた。多くの労働者が集まってきていたが、政府の造るアパートはとても数が間に合わず、民間の造る家は高くて入れない。仕方がないので多くの人々が空き地を見つけて勝手に自分で家を建てはじめた。何軒かの家ができると必然的に後から後からいろんな家がその周りにでき、やがて村になっ

た。すると役人がやって来て、土地の不法占拠だからといって立《た》ち退《の》きを命じる。人々はいったん家を壊し別の空き地へいってまた組み立てる。電気や水道の問題があるから一軒だけでなく数軒固まって移動し、またそこに村ができる。するとまた役人がやって来て立ち退きを命じる。壊したりまた組み立てたりする繰り返しが面倒になって、やがて家ごとそっくり引っ越ししてしまえばいいではないかという考えが浮かんだ。引っ越ししやすいように最初から大きな丸太を二本土台にしてその上に家を建てる。つまりは道路を移動できるそり型住居である。

その町に入るときに、丁度ぼくはそんな巨大な、つまりはまあ人間カタツムリのような引っ越し風景と出会ったという訳である。

スコットランドの北で
ダウザーという
水脈探し人に会った。

初めて訪れた国に到着すると必ず空を眺める。今は飛行機でその土地に最初に入り込んでいくことが多いから、必然的に空港の上の空を眺めることになる。同じ広い空でもその国によってはっきりとそれぞれの国のそれぞれの空というものがある。

この初夏、スコットランドへ初めての旅をした。時差が大きく、緯度も違うから、旅立った土地とはまったく違う季節の、違う気配の空が広がっていた。乾燥した大気の中で太陽の光が峻烈《しゅんれつ》である。空気の粒子の一つひとつが光に反射しているようだ。木々の緑が鮮やかで、風がそれらを揺さぶると反射した葉の光の次の行き先までが見えるようだ。

短い旅程だったのでそのまま車でどんどん北上していった。スコットランドは北海道ほどの広さである。ハイランドと呼ばれる北部は植物相が見事だった。道の左右につらなる山々にハリエニシダの群落がヤマブキ色に光っている。日本と違うところはそれらの自然がそのまま人間の文化や経済の手に侵されず、太古からここはきっとこうであったのだろうと思わせるような自然のままの佇《たたず》まいで息づいているところだ。やがて川が見えてきた。自然のままの蛇行が斜光に映える。

スペイ川であった。この川沿いには沢山のスコッチウイスキーの蒸留所がある。ウイスキーづくりにふさわしい水と空気に恵まれているのだ。

ホテルはその川の傍にあった。スペイ川は鱒《ます》釣りの客がよく訪れるので部屋のキイホルダーも鱒をかたどった重い金属製だった。

小さいけれど、長い歴史のなかで、世界中の沢山の酔っぱらいたちに至福の時間を与えてきたのだな、と感じさせる。いかにも居ごこちのよさそうなバーがあった。棚には夥《おびただ》しい種類のウイスキーが置いてある。犬を連れた老人たちがまだ日のあるうちからウイスキーをのんでいる。静かな、そしてひっそりと贅沢《ぜいたく》な、大人たちの午後、がそこにあった。

この国に来て四日目に、マッカランの蒸留所で〝ダウザー〟という伝統的な仕事をしている老人と会った。ダウザーとは「水脈探し人」のことである。このあたりは世界で最大のスコッチウイスキーの生産地で、いいウイスキーを作るにはいい水が不可欠である。そういうバックボーンの元にダウザーという仕事が必要とされたのだ。日本でも同じような水脈探し人がいたという話を読んだ記憶がある。まだ水道が今のように完備されていないころの話だ。ライアル・ワトソンの『アフリカの白い呪術師』（河出書房新社）の中にも水脈探し人の話が出てくる。

スコットランドのダウザーに水脈をどのようにして探すのか、その実際を見せてもらった。道具が必要で、それは極めて簡単なものだった。リレー競技に使うような、中が空洞のバトン状のものが二つ。それぞれにL字型をした真鍮《しんちゅう》製の棒が入っていて、バトン状の穴の中でそれが自由に動くようになっている。ダウザーがその棒を両手に持って川のそばの斜面を歩いていく。両手にある二本の真鍮製の棒がやがて左右同時にぐるぐる回って、ある一定の方向を示す。それに導かれる恰好《かっこう》でダウザーはどんどん進む。やがて左右の棒が「ここです」とばかりに二本同時に内側に向いていき大地の一カ所を指し示す。その下に地下水脈があるのだという。ダウザーは、次に懐中電灯に似たオモリを取り出しその真上でオモリを回転させる。やがてそのオモリはあるところからぐんと加速して回転を速め、ダウザーはその回転数を数える。一回転一フィートだという。その場所は、一二〇フィート下に水脈が盛り上がった恰好で走っていると、ダウザーは言った。

とらえかたによっては眉唾という人もいるだろうが、そのダウザーは有名なウイスキー会社と契約していて、沢山の実績を持った〝水さがしの職人〟なのである。

ダウザーは言う。

「水脈はどこにでもあるという訳ではない。あらかじめ観察するポイントは、まず地形。地上に生えている草や木々の濃淡、家畜のいる場合はそれらの動物が沢山集まって草をはんでいる場所。そういった要因を総合的に判断し、ポイントを絞っていく」

ダウザーの話は楽しかった。大地のエネルギーをそのような形で抽出する〝いのちの技〟を見たような気がした。

アザラシのための
バイオリン・コンサートを
覗いてきました。

スコットランドの北の果て、ヘブリディズ諸島にあるアイラ島は静かで美しいところだった。

ウイスキー好きには「ボウモア」や「ラフロイグ」といった海の強烈な香りのするシングルモルトウイスキーの蒸留所がある島として知られている。けれど冬場は風が強く、島での暮らしは相当に厳しいようだ。

ボウモアの蒸留所は海のすぐ傍にあった。このウイスキーのラベルにはカモメの絵が描いてあるが、本当にそのあたりにはカモメが沢山飛びかっている。冬に海が荒れると巨大な昆布であるジャイアントケルプが千切れて海から飛び出し、蒸留所の屋根にひっかかったりするという。

この島のウイスキーに海の香りがするのは島に流れている川の水を使い、島で取れるピートを燃やしてウイスキーの原料である麦芽を燻《いぶ》しているからだ。

ピートというのは乱暴にいうと草の石炭のようなもので、大昔にこの島に生えていた沢山の草が何万年というような永い年月の間に圧縮されて土のようになったものだという。

しかもこの島は太古にいったん海に沈んだことがあって、そのとき島は海水に永く覆われていた。その海の香りがウイスキーの中に抽出されているのである。

島の人々は毎日ごく普通にこの島で作られているウイスキーを飲んでいる。レストランにいくと牡蠣《かき》がたくさんあった。生牡蠣にウイスキーをかけて食べるのが島のやりかたでこれがまた実にうまい。

ウイスキーを飲みつつウイスキーをかけた牡蠣を食べるのだからどんどん酔っていく。宿に帰るころは完全に足などふらついているが、それはしかししあわせのフラフラなのである。

島のあちこちでピートを掘っている人を見かける。草が圧縮されて土のようになっているものだからこれを掘り出して干して乾燥させるとなかなか火持ちのいい燃料になるのだ。冬にそなえてその燃料掘りをしているのである。ピートは独特のスコップを使って掘る。日本の道具でいうと山芋を掘る細長い鍬《くわ》に似ている。長いレンガのようにしてあちこちの原野にそれが積まれ干されていた。

この島ではいろいろな幽霊が出るらしい。ずっと以前、海賊が何度もこの島を襲

BOWMOR
1779
STILL N°2

い、沢山の島民を殺しているというし、いくつかの古代の戦場跡もある。

森の中には朽ちた城があってそこは呪いがかけられており、深夜その城に入ると確実に幽霊が出てくる、と島の人に聞いた。

「確実に」というところが凄《すご》いと思った。そしてもっと恐ろしいことにはその幽霊を見た人は「必ず死ぬ」というのである。

幽霊譚に「確実」とか「必ず」という言葉が使われるのは珍しい。

深い森の中でその城を目にしたが、本当に見るだけでなんともいえない陰気な気配が伝わってきた。

その幽霊城のある森の先にフィオナさんというちょっと不思議な女性が住んでいて、昔の農家を改造した家で暮らしている。

庭には沢山の犬、猫、ニワトリ、羊、牛、アヒル、孔雀《くじやく》などが放し飼いになっていて、家の中にはアザラシの赤ちゃんがいた。アザラシの赤ちゃんは病気になっていて、フィオナさんが家の中で治療しているのだという。居間にいるアザラシの赤ちゃん三頭はテレビのアニメーションが好きで、とくにディズニーの「リトルマーメイド」のファンだという。毎日それを見ると子守歌がわりになってすみやかに寝てしまうのだそうだ。

フィオナさんはそこから三分ほどのところにある海べりによく行ってバイオリンを弾く。するとアザラシが沢山集まってきて海から顔をだし彼女のバイオリン・コンサートを聞くのだ。

行ってみたら本当にそのとおりで、彼女が現れると、アザラシが十頭ぐらい海面から顔をだし、バイオリンにあわせるようにふわふわ水面で頭を揺すっていた。写真の右の端のほうに見える黒い点々がそのアザラシたちの頭である。

その日の演奏は三曲で、それが終わるとアザラシたちはまた海の中に戻っていった。

「面白いでしょう」と、フィオナさんは言った。そして笑いながら「私はイングランドのSEAL（シール）村の出身なんですよ」と言った。シールとはアザラシのことである。

あちこち旅をしているとこんなふうに楽しいことに出会うのがうれしい。

硫黄温泉の島。
竹に覆われた島。
トカラの一週間。

吐噶喇《とから》列島にはちょうど十島の有人島が黒潮の流れに従うようにタテ方向に並んでいるが、そのうち一番鹿児島に近い所に集まっている三つの島を通称上三島《かみさんとう》という。

黒島《くろしま》、硫黄島《いおうしま》、竹島《たけしま》でそれぞれ特徴的な島だ。すなわち黒島は全島黒い土に覆われ、硫黄島は島のあっちこっちから硫黄が吹き出ている。竹島は全島竹ばっかり。非常にわかりやすい島たちなのだ。十数年前からいつか行こうと思っていた。

この上三島のことは十数年前に出た岩波写真文庫の復刻版で初めて知った。復刻版だから原本が出たのはもっと前のことだ（調べてみると一九五五年であった）。『忘れられた島』という書名だった。表紙は高い絶壁の上から撮った写真で、吊《つ》り橋を若い女の人が何人も大きな荷物を背負って渡ってくる。その背後、つまり吊り橋の下は目もくらむほどの高さで、波が荒れ狂っている。とても日本とは思えないような光景だが、しかしまさしくそれが当時の日本の南の離島の現実の姿なのだった。

よし、いつかこの島に行こうと思い、二万五千分の一の地図を買ってきて、それぞれの島を仔細《しさい》に調べた。島に行くのは船しかなく、なかなかこの船もすんなり島まで行くとは限らない。ちょっと海が荒れるとすぐ欠航になってしまう。しかも船便は十日に一便しかない。一、二便欠航してしまうと一カ月ぐらい船が来ないこともざらであるとその本には書いてあった。まさしく忘れられた島なのだ。

その島に行こうと思って何度かトライしたけれども、なかなかまとまった一週間や十日の休みが得られない。外国へ行くとなるとそれなりに覚悟して半月や一カ月のスケジュールは作れるのだが、国内のわりあいアバウトな、一週間から十日というスケジュールは作りにくいのだ。かくしてその島は、南米よりもシベリアよりも遠い所になってしまった。しかし苦節十数年、ずっとずっと思いつづけていた島にやっと行けることになった。二人の友人が同行する。

鹿児島の空港から枕崎《まくらざき》までタクシーで約一時間半、途中キャンプ用品で忘れている物はないかを皆で確認しあう。その結果、食材としてのめんはあるがザルがないということに気がついた。では、ザルを買おう。進むべき枕崎空港の途中で、ザルを売っている所があるのかどうか。一時間半も走っていくのだからどこかそんな店があるだろうと思ったが、これがないのだ。走っていく道路は高速道路ではないが自動車専用道路のようになっていて、ほとんど民家がない。やっと民家があったと思ったら、とてつもない田舎でよろずやのような店しかないのだ。あとはコンビニである。こういう店ではザルは売っていない。結局、遠回りをしてホームセンターのようなところにまで行き、そこでやっと手に入れることができた。

枕崎空港からチャーターした飛行機で島に飛ぶ。昔はそんな飛行機などなかったのだが、我々の最初に目指す硫黄島にかつてリゾートホテルが作られ、そのリゾートホテル用に軽飛行機の発着場が作られた。しかしそのリゾートホテルは数年前に閉鎖し、滑走路だけが残った。その滑走路を鹿児島の航空会社がエアコミューターとして使用している、というわけであった。

我々の目の前に現れた飛行機はセスナの四人乗り。つまりパイロット以外は我々三人でもう定員ぴったりというわけだ。それぞれの体重を計り、席のバランスを作り、荷物はもうぎりぎりの重量だった。

島までは二十五分から三十分程度。しかし近づいていくと、この硫黄島は荒々しい。火山の上からは絶えず噴煙が上がっている。雲がその山を取り巻き、獄門島と呼びたいような雰囲気だ。この島はあの俊寛《しゅんかん》が置き去りにされた島なのである。全山至る所しゅうしゅうしゅうと硫黄が吹き出し、近づいていくにつれてセスナが揺さぶ

られる。乱気流がゴンゴン出てくるのがわかる。ふと横を見ると私の隣のパイロットが額に汗を浮かべているではないか。「あの島は、気流が荒いので大変なんです」とパイロットは言う。パイロットからそんな弱音を聞きたくないが、もう死なばもろともの態勢になっていた。島に近づいて行くにつれてその滑走路が高い岩壁の上に見える。それが実に心細いほど狭くて短いのを知る。

機首を下げてどんどん近づいていくが、崖の上にすぐ滑走路が作られているのでまるで航空母艦に降りていくようだ。これと似たのに、座間味島《ざまみじま》に行くときの慶留間島《げるまじま》の隣にある我々は通称飛行機島と呼んでいる島がある。その滑走路と同じような状態になっている。しかし荒々しさ、異様さ、沈鬱さははるかにこの硫黄島のほうが勝る。ぐんぐん機首を下げて降りていく途中、崖の下から吹き上がってくる風が機体をぐわんとあおる。降りていった飛行機があおられて少し傾く。こういうのは素人にはひやりとする。しかしプロのパイロットもさらに額の汗を増していたようだ。考えてみれば崖の上の飛行場に降りていくのだから、下から突風が吹き上げてくるのはまだいいのかもしれない。上空から下に向かって叩《たた》きつけられるような突風だったら、これはたまらない。うひゃー、とこちらも汗をじっとり浮かべながら、しかし何とか着陸。着いた時にやはり全員が拍手してしまった。パイロットも拍手している。いやはや。

空港には青年が一人立っていた。どうやら我々の飛行機の帰り便に乗っていくらしい。会って話をすると、台風十九号に閉じ込められて、今日やっと脱出できるのだという。「昨夜はものすごい台風だった」と青年は力を込めて言う。とにかく、内地の台風とはわけが違う。「民宿から一歩も外へ出られなかったんですよ」とまあその日の青空が信じられないような顔でしみじみと言うのだった。島の内陸部に入っていくと道は至るところ木が倒れていて、まさしく台風が過ぎ去った状況そのままだった。

とりあえず島をぐるっとひと回りしようということになった。この島には温泉が三カ所あるという。行ってみると観光客がめったに来ない島なので、なかなかその温泉に近づくことができない。島の人に聞くと、その一カ所はもう砂で埋もれてだめなのだという。もう一カ所は熱すぎて海水でうめながら調節するというやり方で、その時間にはもう入れない状態だった。残るは海べりの岩の斜面にある。行ってみると、これがすばらしかった。岩肌から温泉がしみ出ていて窪《くぼ》みにたまり天然の温泉になっている。温度もちょうどいい。すぐさま三人とも裸になってそこに浸《つ》かった。たちまちキャンプ地をここにしようという意見で一致した。

三日目にその島の隣にある竹島に行くことにした。本当は黒島に行く予定だったのだが、台風で予定の船が全部欠航し、黒島への足はまったく絶たれてしまった。まあ、そういうこともあるだろうと思っていたので、あえて三つの島すべてに行くことにはこだわらなかった。

竹島は、本当に全島竹だらけ。荒涼とした硫黄島に比べて全島竹におおわれた風景というのは何とも不思議な妖しさだ。風が吹いてくるとザラザラと竹の鳴る音がいい感じだ。しかしここにも台風は大きなダメージを与えていった。

竹島では、どこでキャンプするかを研究した。まあ、温泉があれば一番いいのだが、ここにはそういうものは一切ない。三カ所のそれらしきポイントに行ってみたが、一つはカラスが五百羽ぐらい群れているおそろしげな広場で、こんな所でキャンプしたらたちまちカラスに食料をそっくり奪われてしまうだろうということがわかったのですばやく撤退。次に見つけた場所は、避難港なのだが、高い崖をジグザグにへばりつくようにして降りていく。その階段の上り下りだけでも相当なエネルギーを使いそうなので、これも不可。結局尋ね当てたところが、いわゆる正当なキャンプ場であった。なんと驚いたことにきちんと整地されていて、水まで出てくる。屋根付きの休憩所はソーラーシステムで夜になると自動的に電気がつくのだという。

目の前に昨日までいた硫黄島のおどろおどろしいシルエットがあった。山の頂からは相変わらず噴煙がたなびいている。その島を眺めながらキャンプをするということになり、まあ、これもなかなかいいではないかと一同納得。

テントを張って夕食の支度をしていると、この島で港湾作業をしているという青年がやってきた。右手に大きな黒鯛《くろだい》を持っている。刺身にして食って下さいという。ありがとう！　その青年はまだ二十歳で鹿児島から出てきて働いている。焼酎を飲みながら、しばらくいろんな話をした。夜になると、その島の学校の先生がやってきた。鹿児島から赴任してきたそうだ。一緒に島で酪農をしている青年も来た。この島はキャンプをしているととにかくいろんな人が訪ねてくるらしい。みんなで暗くなるまでいろんな話をした。

竹島から硫黄島に戻り、またあのオソロシイ飛行機で帰る。島から出るときは、硫黄島で知り合った人たちが飛行機の出発時間にやってきて、みんなで記念撮影。教頭先生が音頭をとって、我々を「バンザイ、バンザイ」と送ってくれた。みんなでバンザイするのでつい本土に行って頑張って帰ってきますなどと言いそうになってしまった。このようにして長年の夢だった上三島の旅は終わった。一週間のほとんどは潮風とビールと焼酎とゆったりした笑い声の日々だった。

ニンジン島のやわらかい冬。
三線とカチャーシの
あつい夜。

沖縄が好きなので、ずいぶんたくさんの島へ行ったなあ、と思っていたが、地図をよく眺めるとまだまだ知らない島がたくさんある。

本島中部、与勝《よかつ》半島の先に浮かぶ津堅島《つけんじま》もそのひとつ。沖縄にくわしい人に教えてもらうまで名前も知らなかった。いやどうもわるかった。

名にしおうニンジン島であるという。ニンジンの形をしているのではなくて、ニンジンの産地である。地図を見ると島の八割近くがニンジン畑のようである。

「そこへ行ってニンジン三昧の一夜というのはどうかねぇ」

南の島に住む友人の写真家がそう誘うのである。

「うーむ」

さむい二月である。今年は戦後最大ともいわれている大雪の年で、雪国の高田《たかだ》あたりでは積雪四メートルを超しているらしい。そのためか東京もいつもの年より寒風が吹きつのっている。

仕事の合間にあたたかい南の島への旅というのは魅力であった。

「とにかく穫りたてのニンジン食べ放題！」

写真家はなおもしきりにニンジン攻撃をするのだが、穫りたてのタイやヒラメならとにかく、ニンジンじゃあ逆に考え込んでしまう。

しかし津堅にはもうひとつのかくし技があった。「民謡」である。民宿神谷荘の名物に民謡ショーがあって、ニンジン食べつつこの民謡ショーを楽しむのがなかなかの絶品であるという。

「行きましょう！」

と、ぼくは言った。

津堅島には与勝半島の屋慶名《やけな》の港から連絡船が出ている。

やや晴れ、ややくもりという陽気だった。冬の沖縄は西からの風が吹いていることが多い。しかし、東京からくらべたら、まるっきり秋の気分である。十五分の船旅はタチマチで、なるほどタチマチ上陸。人口は約八百人というが、港に人の姿はほとんどない。

島の標高が三九メートルというから、ほとんどたいらな島で、集落は港のまわりに集まっている。その他はぜーんぶニンジン畑なのである。この場合「全部ニンジ

ン畑」と書くより「ぜーんぶニンジン畑」と表現したほうが雰囲気に近いような気がする。

アスファルトで舗装された農道が、農地区画整理によってきれいにゴバンの目のように島中にはりめぐらされ、そこにぜーんぶニンジン畑がひろがっていた。

「ひええ。これがつまり……」

「そうです。ニンジンです」

「ニンジンですか」

ニンジンの葉は可愛《かわい》い。上方に突出するわけでもなく、四辺にひろがりむらがりえらそうに自己主張するわけでもなく、それぞれいかにもわきまえてます、とばかりに自分の領域にほどほどの葉をひろげ、平地を吹きぬける風にかすかにその〝上半身〟を踊らせている。

遠くに、夏の頃見るあの輪郭のひじょうにはっきりした芝居のカキワリのような沖縄の雲とはすっかり気配のちがう薄雲がたなびき、これはこれで冬の南島のじつにのどかないい風景である。季節感がどうも曖昧である。有名な詩に、

いちめんのなのはな

いちめんのなのはな
いちめんのなのはな
いちめんのなのはな　（山村暮鳥「風景」）

――というのがある。文字だけでいかにも春ののどかななのはな畑の風景が目に浮かぶようだが、ここは、

イチメンのニンジン
イチメンのニンジン
イチメンのニンジン
イチメンのニンジン

――と表現したほうがいいような気分だ。

畑の中にぺたんとしゃがみこんでニンジンの葉を包丁で切り取っているおばさんとおばあさんがいた。

包丁でどんどん葉を切っているのは、抜いてそのままにしておくと、葉がニンジ

ン本体の養分を吸ってニンジンがどんどん黒ずみ、やわらかくなってしまうからだそうだ。九、十月頃に種をまいて二、三月に収穫。土壌に合っているらしく、津堅ニンジンというと味がよいので有名だという。ちなみに沖縄本島で一般に出回っているのは黄色い、どちらかというと朝鮮ニンジンの気配のする独特のものである。

「この島にはウサギや馬をやたらにつれてこないほうがいいですねえ」

穫りたてのニンジンを一本もらって、民宿神谷荘にむかった。

その日の宿はこの島で一番美しいビーチといわれているトマイ浜に面していた。白い砂浜が一キロにわたってひろがり、そのはるかむこうに沖縄本島が見える。

沖縄の海は冬でも美しい、ということをはじめて知った。風が強いので、やや波のたつ海原をサバニが横一文字に波を切り裂いていく。そのはるかな先をモヤにややけぶりながら、タンカーらしき巨船がじわじわ進んでいく。

ときおり雲が陽《ひ》をかくす。南の海は一瞬灰色に表情をかえる。小さな雲の通過のあとは、再びさんざめく青きひろがりだ。

ウミンチュが一人、ヤスを片手に、網を肩に、目の前の白浜を歩いていく。獲物があったのかどうか、ここからではわからない。このあたりのウミンチュは素潜りの突き漁らしい。

夕食前に民謡ショーがはじまった。男五人、少女三人編成だ。全員兄弟姉妹という。あれはなんというのか沖縄ふうのハッピのようなものを着て、頭にはきりりとはちまき。

まずはこの小さな三人ムスメの太鼓をメーンにした威勢のいい一曲からはじまった。

女の子たちのキリッとした顔つきと、見事に動きの揃《そろ》ったバチさばきが格好いい。沖縄は兄弟が多く、その結束力が固い、と聞いていたが、このズラリ兄弟勢ぞろいしての、つまりは兄弟ならではの息のあった唄や演奏を聞いていると、自然に体がはずんでくる感じだ。前々から沖縄民謡は大好きだったが、このように目の前でどおーんと迫力のあるのを連続して聞かせてもらう、というのは至福きわまりない。

民謡ショーが終わると、ファミリーは連絡船で本島に帰っていった。

我々は一泊である。冬場なので客は我々しかいなかった。泡盛をのみつつ夕食。焼魚に刺身に唐揚げ。ニンジンのあえものが出てきた。さすが穫れたて、さすが名産地のブランドニンジンだけあって甘くてうまい。泡盛の肴《さかな》にもいい。ニンジンと民謡は思った以上にあつくやさしくやわらかく我々をなごませてくれるのだった。

草原の国モンゴルで
光や時間や酒や馬の
ことなどについて
考えた。

モンゴルにはよく出かけたが、夏と冬の気温差が甚だしいところで、暑いか寒いかのどちらかの記憶しかない。

暑い頃はやたらに一日が長く、寒い頃はすぐに日が暮れて一日が終わってしまう。どちらの季節も遊牧民の一家に世話になっていたが、彼らは時計を持っていない。一日の過ごしかたは太陽の位置とその光の具合で判断しているようであった。

暑い季節はゲル（遊牧民の住む半球形の移動式テント）の上の丸い明かりとりの穴から差し込んでくる太陽の光の角度でその時間を判断し、寒い季節は大気の冷え込みなどでおおよその判断をしているようであった。

暑い季節の朝は早く、夕方までの時間がとにかく長い。午後五時などといっても太陽はまだ頭の上にあって、大地は燃えたままだ。なにしろ日の入りが午後十時過ぎであるから夕方の時間がずっと続く。

一日中、なんらかの仕事がある遊牧民は、この夕刻五時ぐらいに一息を入れる。

馬の前足を皮紐《かわひも》で結び、勝手にあちこちいけないようにしてそこらの草原に座り込む。大抵同じ遊牧民仲間と一緒だ。懐から嗅ぎタバコを取り出し、それぞれがすすめあう。彼らの嗅ぎタバコは、手の甲にのせて、「フン」と一息で吸い込む、というやりかたで、それをひどく無表情で繰り返す。

遠くを見るわけでもなく、相手の顔を見るわけでもなく、ただもうのったりとその時間の中にいる。

草原の夕方は音がとりわけ少なくなっていて、聞こえるのは遠くの動物たちの鳴き声や頭の上を吹きすぎていく風の音だけだったりする。

ああこれは、彼らにとってきっと大変にいい時間であるのだなあ、もしかすると一日のなかで一番いい時間であるのかもしれないなあ、とそんな風景を見ながら私はかれらの気持ちを思う。

遊牧民にとって暑い季節の午後五時はけっして一日の労働の終わりなどではなく、その気になればまだまだ延々と続く一日のうちの〝どこか〟にすぎない。

寒い季節の夕方は時間的にぐっと早くなるけれど、それでも雪が積もっているから太陽がでていると残照の時間が結構長い。雪を蹄《ひづめ》でこそげてはその下の草を食っている動物たちの鳴き声は夏よりも少なく、堆積した雪がそれらの音をさらにまん

べんなく吸収していくので、草原はしんとしずまりかえっている。

遊牧民の男たちは、冬の季節、いつ天候が変わるかわからないので、そういう日々も油断がならない。ゲルの中のストーブの上でいつも煮立っているスーテー茶（ミルク茶）で冷えた体をあたため、また外にでていく。冬用の綿の入ったデールを着て馬に乗り、家畜たちを見て回る。

春が近くなってくると、馬や羊が子供を産むのでそれを注意しなければならないから、この大気の冷えてくる夕方の時間は一番気をつけなくてはならない。

雪の上に産んでしまうと、子供は羊水と一緒に外に出てくるので、すぐに羊水が凍り、子供もそれと一緒に凍りついてしまうことがあるからだ。そんな子供をみつけたらすぐに温めることができるよう、皮の袋を肩からぶら下げて、油断なく動物たちの群れを歩きまわる。寒い季節ほど午後五時は遊牧民たちにとって厳しい時刻である。

モンゴルには三つの酒がある。

通常はアルヒというウオッカを呑《の》んでいる。ロシアのウオッカと同じようなもので四〇度前後とアルコール度も高い。

夏になると遊牧民はそれぞれ自分のところで馬乳酒をつくる。これは文字通り馬の乳を発酵させてつくる。いつでもあるというものではなくて、馬が子供を産むのが冬から春にかけて、そして子育てのために沢山の乳を出す。この乳を人間が搾って、それから馬乳酒をつくるのである。

羊一頭分の皮袋の中に馬の乳を入れてしょっ中かき回す。やがて発酵してアルコールができ、呑みごろとなるのである。

アイラグ、もしくはクミスという。カルピスに似たすっぱい味でトーゼンながらとても栄養がある。ただしアルコール分が一～二度程度と低いのでこれで酔うにはバケツ一杯ぐらい呑まなければならず、酔う前に気持ちがわるくなってしまう。

そこで酔うためにはシミンアルヒという蒸留酒を呑む。これは馬乳酒を蒸留してつくる。透明でとろりとした美しい色をしている。ウオッカのアルヒと同じ名でまぎらわしいが、シミンアルヒのほうがずっと高級であり、そしてうまい。アルコール度数は一〇～一二度ぐらいだからワインか日本酒ぐらいの酔い気分だ。

遊牧民のゲルの中ではじめてこれをゴチソーになったとき、その主は奥の長持《ながもち》ふうの生活用品の入れものから、小さな箱入りの盃《さかずき》をうやうやしく引っぱり出してきた。

直径一〇センチぐらいの平盃で、銀貼り製のようだ。代々つたわっている正式なアルヒ呑みの盃であった。

ここにその透明な力のみなもとの白い液体をなみなみと注いでくれる。礼儀としてこれを受けるときは差し出した右手のひじのあたりを左手で押さえ、頭を下げつつおしいただくのだ。

呑むときは「ぐい」といく。日本酒のようにちびちびやっては雪月花を眺め、「いやじつにまろやかな人肌で……しかも奥ふかい味わいが……」などと悠長なことをほざいている余裕はまずない。

遊牧民の主の鋭いまなざしの中で「エイヤッ」と一息に呑みほしていく。

主は満足し、再びそこになみなみと新たなアルヒを注いでくれる。ゲルの中の牛糞《ぎゅうふん》をもやす火がじわっと熱波をつたえ、あたまの奥がカッとあつくなる。二杯目を「うぐうぐ。うぐうぐ（休み）うぐうぐうぐ……」と呑みおえて、遠くの狼《おおかみ》の声に耳をすましていると、いつの間にかその銀の盃にあらたなアルヒが注がれている、という訳なのだ。

モンゴルの草原を自動車で旅していたときのことだ。首都ウランバートルから三

○○キロほど離れた小さな村を目指していた。
我々の乗っているのはソ連製のジープで、相当な年代ものだ。どのぐらい前のものかわからないがすでに走行メーターやスピードメーターは壊れて無くなっており、機能しているのはアクセル、ブレーキ、クラッチそしてステアリングの、もうこれ以上何も外せないという必要最低限のものしかなかった。無骨なソ連製ジープでも余計なものがないだけ車体が軽くなるらしく、走りは順調だった。まさにシンプルイズベスト、なのである。

タイヤは四本とも擦り切れていて、七年や八年は優に使っているようだ。いやひょっとすると十五〜二十年ものかもしれない。だからパンクをよくする。そのたびに運転手は手慣れた様子で、ひと昔前の日本人が自転車のパンクを自分で修理していたように、するするとたちまち直してしまう。

途中でふいにとんでもない止まり方をした。シートベルトなどないので、乗っている全員が前方に折り重なってぶつかり合うというような衝撃的な止まり方だった。日本ならば、すわ大事故という止まり方である。なんだなんだと外へ出て車体の下を覗《のぞ》いてみると、四輪駆動の後輪から前輪に駆動力をつたえるシャフトの前方が落ち、それが地面に突き刺さっている。突進していく地面に回転する鉄の銛《もり》を打ち込

んだようなものであるから、とんでもない状態だ。やれやれこれで今日はここで野宿かなと覚悟したのだが、運転手は車体の下にもぐり込むとまだ後輪についているシャフトを取り外してしまった。それを車の中にいったんしまい込み、コトも無げに出発である。

なるほど、四輪駆動ではなく二輪駆動で走ればいいわけである。この咄嗟《とつさ》の対応力にも感心した。目的地に着くと運転手はゆっくりそのシャフトを取り付けなおしていた。同時にエンジン部分の分解掃除をやり始めた。まことに古色蒼然《こしよくそうぜん》としたジープであったが、運転手はそんなふうにしてその駆動装置の細部まで熟知し、コントロールのすべてを心得ているということが見て取れた。

自動車の何百馬力というパワーの仕組みを、このように自分の制御能力の中に完全に掌握しているという力強さは、見る者を静かに感動させてくれる。

その車でさらに先に進んでいったが、次の町でしばし停滞することになった。給油所ごと閉鎖されていて、補給すべきガソリンが手に入らなかったのだ。ガソリン輸送車が予定通りその町に来ていないのだという。いかにメンテナンスがゆき届き日常道具として慣らしきっているそのジープも燃料のガソリンがなければどうしようもない。

モンゴル語で「無い」を「バフコイ」と言う。ガソリンは「ベンゼン」と言う。「ベンゼン　バフコイ」という絶望的な言葉は、その後もモンゴルを旅していると き何度も聞いた。

ガソリン輸送車がやってくるのを人口三十人ほどの小さな集落で数日待った。そこを毎日、馬に乗った遊牧民が通り過ぎて行く。その時改めて馬の「一馬力」というパワーの原点を感じた。しかもこの一馬力は、スピードメーターもブレーキもいらず、燃料基地さえ必要ないのだ。しかもかれらのエネルギー燃料は見渡す限りそこら中に広がっている。

私は初めてモンゴルに来たとき、ここは草の海だと思った。

見渡すかぎりの草原を馬で突っ走る。大地が揺れ、空気がはしる。馬のはく息と私のそれが一体化するとき、自分がいま風になっているのを感じる。

私が地球の大気とか大地の重力とか、太陽の光の威力といったものを一番強く激しく感じるのは、馬に乗って草原を全速力で突っ走るときである。

馬と一体になる旅は、毎日空を眺める旅でもある。

風の匂いをかぎ、雲と挨拶をする旅でもある。生き物としての馬の力のだし具合、

喉の渇き具合、腹の減り具合といったものを常に気づかい、馬と真剣に会話していく旅でもある。

馬も私もお互いに走るのに疲れ、並み足でぽくぽくいくときに、ときおり自分の人生のことについて考えていたりする。普段めったにそんなことを考えたりしないので、我ながら驚くのだ。おそらくきっと馬でいくと大地や風や雲や太陽と常にふれあっているからなのだろうなーと思うのである。

バリ島の贅沢な闇のなか
たいまつの炎の下で
しばらく黙りこんでいた。

アジアの田舎を旅していていつも思うのは〝闇の魅力〟である。盛り場は別だが、地方の村やさらにその周辺の野山に行くと、夜は妥協のない漆黒の闇となる。ところどころに人家の明かりが見えたりもするが、それらの光源はみなどれもか細く弱々しく、逆にいえば静かにひっそりとやわらかくその周辺を照らしているだけなので、その上に巨大に広がる圧倒的な夜の闇の存在が大きく重い。

インドネシアのバリ島を旅したとき、私は常にその闇の濃厚さに驚愕《きょうがく》していた。おののいていた、といってもいいかもしれない。夜の闇というのはこんなに質量を持って暗く重いものなのかと、久しぶりに思い知らされたのだ。

村によってはまだ電気がなく、石油ランプらしきものを灯《とも》しているところが結構多い。屋台の明かりは昔の日本の縁日を思い起こさせるしゅうしゅうと絶えず擦過音をたてるアセチレンガスのランプだったりする。

辺りの闇が濃いほどその輝度の低いわずかな明かりがかえって頼もしく心地よい。

日本の焼き鳥に似た串焼きや、焼きそばと焼き飯そのもののミーゴレンやナシゴレンなどがある。あまりきっぱりと冷えているとはいえないが、たいていどこもビールくらいはあるから、そんな屋台で懐かしい味の、けれども明らかに南国のそれを頬張りながら、ふわふわと酔っていく心地よさが懐かしい。

ある村でケチャをやっていた。ヒンドゥー教の古い神社の境内にたくさんの村人たちが集まっていた。明かりは子供らが持っている松明《たいまつ》しかないので、そこでも圧倒的に夜の闇の支配力が勝っている。歌い手や踊り手はざっと二百人ほどもいたであろうか。最初は松明を持った腰巻き姿の子供たちが無言で行列を作り、獣のように足音もたてずに境内の少々湿った土の上の踊り場に入ってくる。その夜の祭りを見るために村人たちが恐らくはそれぞれが精一杯着飾ってやってきているのだろう。けれど残念なことに闇に覆われて折角のおしゃれや化粧はよく見えない。

やがて誰が音頭をとるということもなく、幽艶で過激なケチャの歌と踊りが始まった。松明の裸火が揺れて踊り、火の粉が飛び散り、木の燃える奇妙に心地のいい匂いが風に乗って鼻孔をかすめる。踊る人々は激しく入り乱れ、時には輪になって整然と歌い踊り、叫び、弾《はじ》けて散る。魂を飲み込まれるような一時間あまりの闇の中の饗宴《きょうえん》であった。

私は何枚かの写真を撮った。松明のあるところでは高感度のフィルムを使ってそのままあたりに気付かれないようにシャッターを押すことができたが、光源のないところではフラッシュに頼らざるを得ない。深い闇の中で、なんとまあ無粋な一瞬の眩《まぶ》しすぎる光を浴びせているのだろうか、と自分のそれを恥じながら、けれどその場での一瞬一瞬はなんとしてでも私の旅の写真にとらえておきたかった。

ケチャが終わるとあたりにはいいようのない虚脱感と倦怠感《けんたいかん》が押し寄せてきた。大勢の踊り手、歌い手たちが発していた掛け声や森の中の動物たちの鳴きまねが全て止《や》み、頭の上には境内を覆う南の島の濃密に枝葉を繁《しげ》らせた木々が激しく風に揺れる音だけ残っていた。風はケチャが始まる前からも吹いていたのだろうが、闇の中の激しいケチャャダンスの熱気の中で、暫《しばら》く勢いを落としていたのかもしれない。

濃い闇のある島では、闇の濃い分だけ朝の光が鮮烈である。こういう国を旅していると、あの濃厚な熱気を含んだ闇を切り開く朝日の照射が際立って鋭く思える。人がなぜ闇に怯《おび》え、闇にかしずき、それを切り裂く朝日の陽光に手を合わせるのか、そういうことの簡単な意味を素直に知ることができる。

私の泊まった石油ランプの宿での一夜も明けた。外に出ると宿の背後にはなだらかな斜面が広がり、その向こうに悲しいほど鮮やかなキキョウ色をした湖が広がっていた。

早朝、その湖まで水汲《みずく》みに行ってきたのだろう。姉妹らしい二人が、天秤棒《てんびんぼう》をかついで朝日のあたる斜面を登ってくる。カメラを向けると二人は一瞬動きを止め、それからほとんど同時に、キャラキャラと明るい声で笑った。笑いの意味はわからなかったが、心地のいい笑いであることはたしかだった。

私はまた村に戻り、村人たちが早くも野良仕事に出かけようとしている様子を眺めていた。

村をまっすぐ貫く道の端に田をうるおす細い川が流れている。老婆が一人、その川の端に座って、頭を大地にこすりつけ線香と何種類かのきれいな野の花を川に捧《ささ》げていた。あちこち放し飼いになっている犬が、私にもその早朝に祈りを捧げる老婆にも少しも関心を示さず、とことこと犬は犬の用事があるらしく、しっかりした足どりで走り過ぎていった。

メコン川のコン島にいた
元気な少年少女たち。

ラオスを流れるメコン川のあるエリアにはたくさんの川中島がある。ごく小さなものまで含めると四千島もあるというから、ここも日本の川とはスケールがだいぶん違う。その中には数百人の人が住んでいる有人島もたくさんある。

そのひとつ、コン島にしばらく滞在した。長さ四キロ、幅五、六〇〇メートルの細長い島で、人口は六百人ほどである。暑い国だから、島とはいえどもそこも強烈な日差しの中で島ごと煮えくり返っている感じだが、岸辺にはヤシをはじめとした熱帯の大きな木々が並んで茂り、風景としてはなかなか心地いい。

コン島に行くには、近くにあるコーン島から小舟で渡る。コーン島はコン島より「コーン」と伸ばすぶんだけ大きい。まあ、それは私が勝手にそう思っただけだが、旅の途中で大きいコーン島のほうにも泊まるので、日程の打ち合わせをするときなど、間違えないように「ビッグコーン」と「スモールコーン」というふうに区別した。

さて、そのコン島だが、米粒形の島の周りを道が回遊しており、ところどころに五、六軒ずつ家が固まっている。集落といえそうなのは粗末な宿屋のある島の中心地一カ所だけで、そこにはお寺と学校がある。この島のすばらしいところは、自動車が一台も走っていないことで、人々の移動は歩きか自転車、あるいは日本でいう大八車のようなもの。そして水牛とほんの数台のトラクターなどである。

島の真ん中は水田で、日本のように四角く区切った田の周りにあぜ道が続いている。もう雨季にはいっているのだが、田植えの前だったのでまだ水は張られていない。気候条件がいいので三期作まで可能だというが、それだと忙しくなりすぎるので二期作程度にしているらしい。

電気はきていないのでローソクか石油ランプのあかりしかないが、これがまた夜の闇をぼんやり照らすだけで、濃密な熱帯の夜にはかえっていい雰囲気になる。

何日か過ごしているうちに、この島で一番快適な時間は、早朝とたそがれ時であるということがわかってきた。

早朝まだ暗いうちから、村の人々は魚とりに出かける。島の中にけっこうスケールのある滝があって、そこに簗《やな》が仕掛けられているのだ。早朝、それぞれの所有する簗まで滝の下の激しい濁流をロープなどを伝わって渡りきり、簗にかかった魚を

捕獲してくる。多いときは天秤棒《てんびんぼう》の前後に二、三十匹の魚がぶら下げられる。大きいものは六、七〇センチぐらいもある銀色のなかなか形のいい魚で、これは村の中でもかなりいい値段で売れるそうだ。

小さな魚は家に持って帰ると、妻や子供らがすぐにはらわたを出し、大きめのものは干し魚にし、小さなものは糠《ぬか》と一緒に瓶《かめ》につけて魚醤《ぎよしよう》にする。そんな小魚を捌《さば》く子供たちは三、四歳ぐらいの小さな子から、中学生ぐらいまでのお姉さんがいて、それぞれ役割が決まっている。

家の周りにはブタやニワトリ、ヤギなどが好きなように動き回っており、ときおりアヒルが十数羽、ヒナを引き連れてグワグワいいながら庭や道路を横切ったりしている。

夕方になると女の人や子供らは、川に出て水の中に入る。体や髪を洗い、口を漱《すす》ぎ、一日の汗と疲れを流すのだ。男たちは野良仕事から帰ってくる。手の空いた子供たちが帰り支度を手伝いに行く。多くは水牛を引っぱってくる仕事だ。小学生ぐらいの娘が、巨大な水牛の鼻紐《はなひも》をつかみ棒で尻を叩《たた》きながらぐいぐいと川に連れてきて水浴びをさせている姿などは、なかなか迫力を持って美しい。

小学校一、二年生ぐらいの子供らがその日とれたココヤシの実を大八車いっぱい

に積んで家まで運んでくるのも、夕方必ず見かける風景だ。

年長の男の子はカヌーを上手に操って、夕方になるととれる魚をモリで突きに行く。メコンの水はどこも茶褐色に濁っているのだが、ちゃんと水中眼鏡をつけているから、彼らにはその泥を含んだ水の中でも魚の動きを俊敏にとらえることができるのだろう。どんな魚がとれるのかと、岸辺に座って待っていると、最初に帰ってきた少年のカヌーの中には四〇センチぐらいのナマズが五、六匹転がっていた。それをどうするのか聞いてみると、その夜と翌朝の少年の家の食事のおかずにするのだという。

水浴びから帰った小さな子供たちは、濡《ぬ》れた髪を乾かすためか、道路に出てぶらぶらしているが、たちまち同じような子供らが集まってきて、昼間やっていたような遊びを始めてしまうので、せっかくお母さんと一緒にきれいに洗った体や髪がまた泥だらけになってしまう。

夕食が終わるころ、川べりにある高床式の集会所のような所に男たちが集まっていることがときおりある。みんなして大声をあげているときは、大体テレビでボクシングやサッカーを見ているときだ。ラオスのテレビはそのような娯楽番組は流さないが、集会所にはパラボラアンテナがあって、衛星放送で主にタイからのテレビ

放送をとらえて見ているのだ。テレビはまだモノクロで、それを五、六十人の男たちが取り囲んで見ている風景は、遠い昔、私が子供の頃日本でもよく見かけたことがある。

各家のローソクや石油ランプは八時ぐらいには消されてしまい、ほとんどの家はもうそのぐらいの時間に寝入ってしまうようだ。

夜にはトッケイというトカゲがあちこちでにぎやかに鳴き出す。大きいのは三〇センチほどもある薄緑色をした、少々気味の悪いトカゲだが、ものすごくはっきりした声で、「トッケイ、トッケイ」と必ず四、五回続けて鳴く。私の泊まっている安宿の窓からもこのトッケイの鳴き声が夜通し聞こえていた。

九龍デルタの田舎の町で
ギラギラしていた
海や川。

ベトナムのホーチミン市は賑《にぎ》やかだった。

ちょうどテト（旧正月）だったので会社や学校は休みである。街は沢山の人で溢《あふ》れかえっていた。道路はバイクの洪水である。

本当に川の流れのように道幅いっぱいに三百台ぐらいのバイクがひとかたまりになって走ってくる。ひと呼吸おくようにしてすぐにまた同じくらいの数のバイクのかたまりがやってくる。絶え間のないその繰り返しだ。

二、三人乗りは当たり前だ。五、六人乗っているバイクもある。しかもそれらは五〇ccぐらいの小型バイクだ。

運転するお父さんの前に小さな子供が二人ほど。後ろの席に赤ん坊をおぶったおかあさん。その両親の間にちょっと大きな子がサンドイッチ状態になっている。これで六人乗り。ヘルメットなど誰もかぶっていない。五〇ccまでは免許がいらないのだ。自転車と感覚は一緒である。

もう少し大きなバイクは免許がいるがそれでも半分ぐらいの人は無免許で走っているだろうとベトナムの人が教えてくれた。

自動車はバイクの群れの真ん中を走っていく。左右にバイクがひしめいているのでボディにバイクのどこかがぶつかるのもしょっちゅうだ。でもこれだけのバイクがひしめいているのだからみんなちょっとぐらいぶつかっても当たり前の顔をしている。そういうものだと思っているので事故にでもならないかぎり誰も何も言わない。

バイクは一番ぶつかりやすいバックミラーをみんなそれがキマリゴトのように内側に倒しているから運転している者に後ろの状態はわからない。だから膨大な数のバイクや自動車が常に一斉にクラクションを鳴らす。

警笛と喧騒《けんそう》と怒号と埃《ほこり》とエンジンのうなる音が街の空の上に噴き出している。

路地に入っていくとあちこちに小さな人だかりがある。覗《のぞ》いてみるとたいていトランプや将棋をやっていてその見物人もふくめた人だかりなのだった。どれもお金がかけられている。だからみんな真剣で、誰かが強い手でアガルと大騒ぎになる。

別の路地では子供たちによる獅子舞《ししまい》が賑やかだった。空き缶を太鼓がわりにして叩《たた》く少年。獅子はふたりがかりで、ときおり頭の方を担当している少年が後ろの少年の太股《ふともも》や肩の上に乗って空中を舞うような見事な技をみせてくれる。街とそのあいだを走る路地をいくだけで一日が賑やかにすぎていってしまう。

メコンデルタの田舎の町も元気だった。メコン川は広大なデルタ地帯を九つの流れに分かれていく。それを九龍というそうだ。

ベトナムの川はどれもすばらしく激しくて躍動している。沢山の高床式の家々が川の両岸に立ち並び、沢山の舟がひっきりなしにいきかっている。小舟の多くは自動車のエンジンのシャフトにそのままスクリューをくっつけたようなもので走っているから川は川でその音がもの凄《すご》い。

人々は川で体を洗い、その水を飲み、排泄《はいせつ》をする。人も動物も同じように川によって川で生きている。ベトナムの空の下、どこでもつねにエネルギーが爆発しているのだ。

川の市場があちこちにある。いろいろな売り物をのせた舟が沢山集まってきて、それを買うための小舟も集まってくる。観光客もいる。様々な品物が積まれていた。

農家の舟はとりたてのみずみずしい野菜や果物を。漁師の舟は大きな雷魚や草魚を。蟹《かに》やエビ、亀やヘビ。米やビーフンの舟。焼き立てのフランスパンを沢山並べた舟もある。

子供たちが大きなザルでできたお椀《わん》のような舟で競争をしていた。川の中に突っ立っている杭《くい》と杭の間を何度も回ってくるという激しい競争だ。どっちも差がつかない。橋の上に立ってどっちにも応援する。子供たちの躍動がここちのいい風景になっている。

この国の人々はどうしてこんなにあっちこっちで元気なのだろう、ということを考えながらさらに海と川のある街道を北上していく。

ある日の早朝、地引き網をしている漁師の村にいた。テトなのでいつもよりずっと規模は小さいそうだが、漁師の家の家族が総出で網を引いている。

網が海岸に引きあがって来る頃をみはからって沢山のアヒルが網のなかの小魚を食べにくる。それをおばあさんや子供が追い払う。捕れた魚は通常は市場に持っていくのだが、その日は小さな規模だったので魚も少なかった。そのくらいでは売り物にならないので獲物は漁師たちのその日の食べ物になるようだ。

この国を旅しているあいだ私は懐かしい気持ちで満ち足りていた。長く厳しい激動と苦悩を体験してきた国なのに、どうしてこの旅で出会う人々はみんな柔らかい笑顔をみせて人なつっこくて、そして親切なのだろう。

もしかしたらその昔の日本の田舎も外国からやってくる人にそんなふうに見えて

いた時代があったのかもしれないなあ、と思いながら、強いけれどここちのいい陽光と風の中で私は静かな旅を続けていた。

遠くから砂嵐が
やってくるのを
見たことがある。

四月の終わりの頃であった。福島県の勿来《なこそ》の海岸で大勢の仲間たちと野球をやっていた。その日は朝から強い風が吹いていた。前日からの曇天はその風に流されるかのように次第に雲が引き延ばされ薄日が差してきた。そんなとき誰かが空を見上げて「わあー」というような声を出した。

「虹だ、虹だ、丸い虹だ」とそいつは言った。薄雲がかかった太陽のまわりにそれとはっきりわかる丸い虹が大きな輪を作っていた。見るとその外側にも完全な円ではないけれどもう一つの虹が出ている。何やらただならぬ光景であった。虹などは眺めているうちにたいていはかなく消えていくものだが、それはなかなか消滅する気配はなく、むしろその太陽のまわりの巨大な丸い虹の中の色が濃くなってくる。つまり虹の光彩に彩られたとてつもなく巨大な円盤のようなものが出現してきたのである。十数人の男たちが全員上を眺めしばらく声を失っていた。美しいというよりもなんとも背筋の辺りに戦慄《せんりつ》が走るような不思議な怖さがあった。

その現象は二十分以上も続き、後に関東地方のかなり広範なエリアで目撃されたものとわかった。翌日の新聞には、雲の中の凍った水分が太陽の光に反射してできる「水平環《すいへいかん》」という現象であるとか、別の新聞では光の輪と彩雲が同時に浮かび上がる現象などと書かれていた。めったに見られない現象で、見た者は縁起がいいとされているのだそうだ。

こうした前触れなしの自然界の様々なスケールの大きい変わった現象を見るとき、大抵は得をしたような気になる。

南海の小さな船旅に出ると、遠くの海域を雨雲が通過していくのをよく見る。海上のスコールは遠くから見ると冗談かと思うくらいのまことに細長い雲の柱で、ややもすると竜巻が起きたのかと見紛《みまが》うばかりである。竜巻と違うのは雲から海上までの細長い柱がきちんと一直線で全体を斜めにかしがせながらゆっくり移動していくだけで、それがヘビのようにくねくねうねったりしないことだ。見ているとそうした小さなスコールがまるでそのあたりの海域の定期便のように次から次へと移動していく。遠くから見ると小さな細い滝のように見えるそれも、この距離感からすれば、雨を降らせているエリアはまあそこそこ野球場の三、四倍くらいはあるのだろうな、と見当がつく。

海でたびたび眺められるもので、もう一つまことに感動的な風景は、低く垂れ込めた雲から放射される、雲の隙間を通り過ぎてきた太陽の光の柱である。大抵斜めに何本もの光の柱が出現する。昔から数えきれないほど繰り返して多くの人に目撃されたであろうそれは、宗教心を持たない者でも、神がその傾斜を登って行ったりあるいは下ってくる光柱だと思うのも不思議ではない。

砂漠を行く旅の折に、遠くから砂嵐がやってくるのを見たことがある。砂嵐は地平線の左右一杯に広がった砂のカーテンのように見える。そのカーテンがやはり何の音もなく、思いがけないほどの悪魔的な速さでこちらに向かってくる風景は、人間はもちろん動物たちでさえも恐れおののくような強引かつ強烈な力を持っている。砂嵐の怖さはたびたび話に聞かされているので、一刻も早くそこから逃れたいと思うのだが、不思議なのはただもう静かにあの邪悪で巨大な暗幕にからめとられたいというような気持ちをどこかに抱いていることだ。

旅の折々に巨大な自然の力をまざまざと感じさせられる風景に出会うとき、私はいつも旅のある種の至福感を味わう。飛行機の窓から眺める大きくくねる龍のような大河。わが人生の中でそんなところへ行くこともないだろうが、そういうものを今自分の目で見ているのだというささやかな気持ちの火照りも好きだ。

ある海岸べりの町では、私の借りた部屋の目の前に大きな木がたくさん並んでいた。それらの木はどれも西から東へ向かって大きく枝葉をかしがせ、そのままの形で止まっていた。このあたりを吹き続ける強い西風によって木々はその風の方向に固まってしまっているのだ。風のまったくない日に風の吹いていく向きを指し示す大木も、それはそれで何かを語ってくれている。

その家の机の上には風もないのにくるくる回る不思議な置物がある。球の中は真空で対称的にくくりつけられた二つの小さな円盤は、外からの光を一方は反射し、一方は吸収するという材質になっている。だからこのかわいくて小さな球の中の回転は光の強弱によってスピードが変わる。風のない日に無心に回るそんなガラス玉の中の小さな動きを眺めている午後も好きだ。

やわらかい砂の海を
西に進んでいくと
塩の川があった。

その年、私は砂漠を旅していた。日本の何十倍もあるような広大な無人の砂の世界である。砂漠にもいくつかの表情があって、西域のオアシスを起点に数日間進むルートは、灘《たん》と呼ぶ砂礫《されき》の荒地であった。四輪駆動車で走るぶんにはそれほど大きな障害はない。ただしルートがきちんと作られているわけではないので、その日の目標とするキャンプ地に向かうまでの時間や距離が明確ではない。

最初に私たちが予想もしなかった障害物と出会ったのは、塩の川であった。遠くからその川を見たとき、私は一瞬氷が張り巡らされた凍結した川なのかと思ってしまった。真上から注ぐ砂漠の太陽の光を浴びてゆったりと蛇行する川の表面は、どこまでも鮮やかに、純白にその光を反射していたからだ。砂漠は太陽の下にあられもなくその全身をさらけだしている世界で、昼間は強烈な暑さとなるが、朝晩は羽毛服がいるほどに冷えてくる。だから氷の川があっても不思議ではないと判断したのだった。

近づいてみるとそれは全面的に塩の結晶が連なる、文字通りの塩の川であった。持っていたナイフを差し込んでみると、軽く三〇センチは突きささっていく。底まではー メートル以上はあるようだった。そして塩は果してきっぱり底の方まで濃密に満たされているのだった。

それまでに私はオーストラリアの内陸部のアウトバックといわれる砂漠地帯で塩湖はいくつか見たことがあるが、このように見渡すかぎりに塩によって動きを静止した川を見たのは初めてであった。

四輪駆動車のルーフに載せた幾枚かの渡河用の鉄板をつなぎ合わせ、その塩の川を突破した。そのあと砂漠の砂は急にその粒子を細かくし、突き進んでいく四輪駆動車の背後に、長い砂ぼこりの粉塵《ふんじん》の帯を巻き上げた。柔らかい砂の上を進んでいくのは、それまでにない複雑な運転技術を要求される。ルートを誤ると車輪はパウダーのような細かい砂にたちまち埋まり、タイヤを空転させる。

夕刻近くになってくると、西からの風が強くなり、そろそろ最初のテント地を探さなければならない状況になってきた。できるだけ風を避けるために、砂漠の中の風除《かざよ》けになるような起伏を探す。テントを張り、積み込んである乾燥食料や缶詰などの簡易行動食を食べる。

テントが風に激しく煽《あお》られるようになる。五〇センチほどもあるようなペグ（土クギ）を差し込んでテント綱を押さえているのだが、夜更けになるとそれもおぼつかなくなるような激しい風が打ちつけてきた。それはまさしく「打ちつける」という形容にふさわしいものであった。風はいくつものかたまりになって、砂と一緒にテントの壁を叩《たた》く。密閉したはずのテントの隙間から細かい粒子の砂が入り込み、閉ざしたテント内の狭い空間の中で渦をまいている。闇の中では見えないが、ヘッドランプを点《つ》けると動いている砂の粒子が、霧の夜にライトの光芒《こうぼう》を浴びせたような感じではっきり見えるのだ。

けれど中に大勢の人が入っているテントは風にそのまま吹き飛ばされるというようなことはなく、私たちもいつの間にかそんな強烈な風の音に耳も体も慣れ、昼間の疲労も伴って深く眠り込んでいるのだった。

砂嵐は夜明け近くまで吹いたようで、昇ってきた朝日は霧の中をはい上がるようにぼやけてかすんで見えた。それでも昨夜はまったく星ひとつない闇夜であったから、そんなぼやけたような朝日でも、大地を柔らかく照射してくれるのが嬉《うれ》しい。

ウイグル族の料理人が濃縮ミルクを温め、固いパンを隊員たちに配る。思った通り、ミルクの中にはたくさんの砂が混じっていた。けれどどのみち私たちはその日

も、その前の日も、とにかく一日中たくさんの細かい粒子の砂を吸い込んでいたはずなのだ。

朝食が済むと、また昨日と同じようにルートをまさぐりながら、次の目的地へ進んでいく。情報では、一週間後の幕営地に、小さな川の流れがあるという。ただしそれは先発隊が確認したわけでもなく、昔、そのルートを旅していた人から語り継がれている情報というだけの話なのである。

次の日も、柔らかい砂の海を突き進んでいく。時折の休憩が嬉しい。それまでの激しい四輪駆動車の絶え間ない振動から解放されて、大地に倒れ、空を眺める。青と藍色を混ぜたような深い色になり、時として空は黒く見えたりする。昼であっても、人工衛星がゆっくりと天空を這《は》い進んでいくのが見える。生真面目な天空の昆虫のようにじわじわ動いていく。どこの国が何のために、いつごろ打ち上げたのか見当もつかないが、何もない真昼の空を、とにかく動いているものが見えるというのは不思議な「いのち」の存在を感じるのだ。その日も夕刻近くになると西風が増し、日の沈まぬうちに天幕を張らなければならない状況になった。

同じような繰り返しを一週間ほど続けたところで、ここが同じ砂漠なのかと思うような巨大な衝立《ついたて》のような崖が並んでいる回廊状のルートに入った。そして我々が

心の底から期待を抱いていた小さな流れを発見した。大昔、ここを旅した人の話の通り、水は流れていたのだった。まだ早い時間であったが、誰の異論もなく、その日はその場所に天幕を張った。

大きな衝立に阻まれてほとんど風のない遅い午後、私たちはそこで初めてタマリスクの根で焚火《たきび》をした。ウイグル人の料理人は、こういうときのために、と言わんばかりのタイミングのよさで、連れてきた羊を一頭屠《ほふ》った。食料の羊は、常に新鮮な状態で食べるために生きたまま連れてくるのだ。羊肉の夕食に気勢があがり、中国人の隊員がパイチューを出してきた。度の強い中国の焼酎である。

夜半に月が出た。狭い渓谷の上に出てきた月なので、ずっと一晩中眺めていることはできなかった。けれど砂漠の単調な旅の一夜としてはすばらしく贅沢《ぜいたく》な時間だった。私たちはいくらか元気を回復し、そこからさらにまた一週間ほどの砂の海への旅に向かって行った。

アメリカに住む家族に
会いに行く
小さな旅のこと。

この頃、アメリカへの旅が好きになっている。この国に私の二人の子供が住んでいて、娘はニューヨーク、息子はサンフランシスコである。姉弟が時差三時間の町に住んでいるわけだが、思い出したようにその二人に会いにいくのが今の私のアメリカへの旅だ。

日常あちこちの旅行を続けているのだが、そのほとんどは仕事がらみの旅だ。海外への旅も勿論《もちろん》そういうことになる。けれどこのアメリカへの旅は仕事がまったく介在しない。せいぜい一週間といったところだが、こんなふうに仕事抜きでぼんやり行く旅というのはなんとも贅沢《ぜいたく》で心地いいのだ。まあそれでも幾つかの連載仕事を持っているからまったく仕事がゼロという訳にはいかない。けれど好きな時間を見つけてそんな仕事をすればいいのだから気分はつくづく解放されている。

「行き」はサンフランシスコに行くことが多い。ニューヨークに住んでいる娘がサンフランシスコにやって来て、そこで二人の姉弟と出会うわけだ。

一年から二年に一度のことなので、その出会いはなんとなく照れくさいが、すぐに打ち解ける。

息子が借りてきたレンタカーに乗って海辺を走り、西海岸の田舎の町であいまいな時間をすごす。風と波の強い殺風景な海を眺め、それから彼らが用意してくれたホテルに入る。西海岸の町は空がいつも青く晴れ上がっていて、私は車の座席に体を深く埋めて、走りすぎていくそんな空を眺めているのが好きだ。

「一年のうち三カ月が雨季で、それ以外はいつもパーフェクトに晴れるよ」と息子は言う。双方に話すべきたくさんのことがあるが、とりあえず今は目の前に見える風景や昨日や今日おきた出来事をそれぞれが話す。

ほんの十年前、彼らと私は一つ屋根の下にいて毎日顔をあわせていたのだ。紛れもなくそれが私の家庭であったけれど、そのような平均的な風景はあっけなく短時間で終わってしまい、今はこんなふうにしてかなりの期間を経て、そうしたかつての家庭生活の延長線上に一つの絆《きずな》を求めて束《つか》の間《ま》の邂逅《かいこう》の時を得る。

サンフランシスコの坂の多い街を、息子の運転する車はぐんぐん進んでいく。東京と同じようにここにもおびただしい数の人が住み、たくさんの車がひしめいているけれど、この大きな都市に入ってきても東京より格段に空の色が青く、どこかし

ら海からの風や海の気配が漂っているのが私にはうれしい。

彼らが用意してくれたホテルのかなり高層階の部屋に入ると周辺の幾つかのビルの向こうにこの町の海が見えた。飛行船が私の視界の先をゆったりと通り過ぎていく。冷蔵庫を開けてビールを飲む。すでに飛行機のなかでビールを何本か飲んできたが、目的地に到着してゆっくりとよく冷えたビールを飲むときの安堵《あんど》はまたすばらしい。

ひと息ついたあと私たちは街に出て、その夜の食事の場所を探した。彼らが日頃どんな所でどんなものを食べているのか知りたいのだが、まだ学生である息子はそのへんの安食堂しか知らないから、とりあえず久しぶりに会う父親を連れていく店を見つけるのに苦慮しているようだった。それでもごくごく平均的なレストランを探し出し、そこでようやく落ちついて幾つかの話すべき話題が交わされる。二、三時間のそんな時を過ごして私はホテルに戻り、最も読みたい本を持ってベッドに入る。もう何もすることはないのだからその本に没頭したいのだが、やはり数時間の時差の疲れがあって気がつくとあっけなく眠ってしまっている。

翌日ホテルの窓から昨日と同じような青い空を眺め、それよりももっと青の濃い海を眺め、今日一日のことを考える。午前中に日本から持ってきた原稿仕事を片付

け、午後はぼんやり街を歩く。そんなふうにしてアメリカでの私の束の間の日々が過ぎていく。

帰りはニューヨークに寄る。娘の住んでいる、マンハッタンの外れのヒスパニックやイタリア人が多く住むいささか危険な界隈《かいわい》を歩き、彼女の小さなアパートの部屋で飼い猫の喉をくすぐってやる。

ニューヨークは躍動している都市だ。高層ビルが巨大な建築物の森のようにいくつかの場所に集結し、それらは大空に向かってどこどこと集まりみんなでまとめて屹立《きつりつ》している。アメリカがフロンティア精神のもと、闇雲に伸びてきたように、それらの建物は宇宙めざしていまだにぐんぐん伸びていっているような錯覚をもたらすのだ。そんなふうな勢いのある風景を眺めるのも私は好きだ。

アメリカの代表的な二つの町でのあっという間の時間を経て、私はまた日本の雑踏に帰っていく。滞在した間、思ったほどの原稿仕事はできず本も読めなかったが、気持ちも心もすっかりリフレッシュされたようだ。

空港まで送ってくれた二人の子供たちに私は別れを告げる。私はこのようにして遠い国に住む彼らに、私の次の新しい仕事にすすむ〝力の源〟のようなものをまたきっちりふくらませてもらったような気持ちになる。

北の果ての
まぼろしの集落
『きらく』ものがたり。

北海道の知床《しれとこ》半島の付け根のあたりに野付《のつけ》半島がある。地図には野付崎《のつけさき》と記されている。標津《しべつ》から巨大な釣り針のように伸びたなんとも奇妙な形をした半島で、その形から「砂嘴《さし》」と形容されてもいる。つまり砂のクチバシである。

半島の根元のあたりからの全長が二八キロ、野付風蓮《ふうれん》道立自然公園に指定されているが、それほど有名な観光地というわけでもない。

先端部分が釣り針、もしくは嘴《くちばし》のような形をした細長い半島に囲まれた野付湾は水深一～五メートルの浅瀬になっている。藻が水面近くまで繁殖しており、ホッカイシマエビの最大の漁場である。至る所に繁殖した藻が絡まるのでスクリュー船が使えず、その漁には打瀬舟《うたせぶね》という帆船が使われている。

十二月としてはまだ雪の着き方が浅いようで、半島に入っていく道道九五〇号線はスタッドレスタイヤの素人運転でも、たいした問題もなく走ることができた。まだ早い午後なのに薄日の陽光はすでに傾いている。風は冷たく、コートにマフラー、手袋というぃでたちでないと身がすくむような厳しい冷気があたりに広がっていた。

すれ違う車はまったくない。入手した観光パンフレットなどでいくらかわかっていたのは、今のこの季節に観光の材料になるものは何もなく、人も住んでいない、ということであった。このあたりは行政的にも少々変わっていて、半島の根元よりが標津町、途中から先端までが別海町《べつかいちょう》の行政区分である。アキアジ（鮭《さけ》）、ホッカイシマエビの漁の時期、漁師たちの番屋に人の姿が見えるぐらいであるという。だから車とも人とも出会わないのは当然なのだろう。十分ほど走ってゆくと、右側に広がる野付湾の内海と左側に広がる根室《ねむろ》海峡との距離が一〇〇メートルもないような状態になった。

半島というよりもむしろ殆《ほとん》ど「海の中の橋」のようなものだ。道の端に電柱が並んでいる。電線なのか電話線なのかよくわからないが、とにかく先端までずっと続いているように見える。

とりあえずその先端をめざしていたが、さして明確な目的があって先端をめざしているわけでもない。とにかくその電柱の続くところまで行ってみようと思った。

しかし途中の竜神崎のあたりに、粗末な杭《くい》打ちのゲートがあり、「これより先は関係者以外進入禁止」という看板がくくり付けられていた。棒杭と棒杭の間に鎖が

繋《つな》いであったようだが、その時は片方にまとめて置かれてあったので、関係者のような顔をして進んでいくことにした。

そこから先は砂利道であった。まだ解けていない雪によって轍《わだち》が深く食い込むようになってきた。番屋がいくつか点在し、まもなく目当ての電柱の終着点に来てしまった。

地図で見るとそのあたりは半島の嘴がいくつにも分かれて広がっているのだが、目で見るそれはたいした膨らみでもなく、道の真ん中に立ってみると相変わらず右の視野の端っこに内海が見え、左の視野の端っこには外海が見えている。何艘《そう》かの舟が陸に揚げられており、幾つか点在する番屋はどれも入り口にしっかり鍵がかけられていた。砂洲《さす》には木も草もなくそこから先は湿地帯になっていて、もう車も人も入って行くことができないようだ。

そういう季節ということもあるのだろうが、いたるところまったく荒涼としている。しかし不思議なことにこの先端部分に来ると風は幾らかおさまってきて寒さも緩み、潮の香りが濃厚になっていた。

あまり対象物のはっきりしない写真を何枚か撮って、さてどうしたものか、とぼんやりしていると、今しがた私のやってきた一本道を小型トラックがフルスピードで向かってくるのが見えた。立入禁止地帯に侵入している身としてはこの状況はどうも落ち着かない。そんなに悪いことはしていない筈《はず》だから、大騒動になることもないだろうと判断し、とりあえずは番屋の裏に隠れることはやめ、トラックの到着を待った。なんだか古い映画にこんな場面があったような気がした。

二トンほどのトラックには灰色のとっくりセーターに耳あて帽をかぶった、いかにも漁師然とした男が乗っていた。彼は私の立っていたすぐ近くの番屋の前でトラックを停《と》め、こちらのほうは一瞥《いちべつ》もせずその小屋へ入っていった。

それは小屋と呼ぶには申し訳ないほど大きくて、中にはかなり性能の良さそうな二、三トンほどの大きさの舟が入っていた。その周辺には様々な漁具が並び、ガソリンの匂いが鼻を突いた。せっかくだからその人に何か話を聞いておきたかった。どうしたものか少し迷ったが、待っていてもなかなか出てきそうにないのでそこに入っていくことにした。

声を掛け挨拶をすると、男は振り返り目を瞬《しばた》いた。べつに驚いたふうでもなかったから、さっき番屋に入っていくとき私の姿をちゃんと認めていたのだろう。ちょっと話を聞いていいですかと言うと、男は人のいい顔で小さく頷《うなず》いた。

「このあたりの漁師さんですか」

「ああそうだよ、だけど今の時期は何の漁もやってないねえ。もうじきここらも雪だらけになるしな」

「ここには誰も住んでいないんですか」

「アキアジやシマエビの頃は番屋に泊まっていく者もいるけれど、住んでるのは誰もいねえ。みんな通いだよ、三十分もあれば来れるからな」

「今年の漁はどうでしたか」

「今年のアキアジはダメだったな。シマエビは十一月ぐらいまでやってたけどあまりよくはねえ。これからはコマイをやろうかと思っているんだよ」

有り難いことにその漁師はなかなかに雄弁だった。尾岱沼《おだいとう》に住んでいて、池田秀男さんと言った。番屋にやってきたのは何かの工具を捜すためのようだった。漸《ようや》く目的の物が見つかったらしく、かなり重たそうな赤いプラスティック製の道具箱を引きずりながら番屋の外に出る。

不思議なことに風がさっきよりもまたいくぶんやわらいでいた。上空の薄雲も切れて、さらに傾きを増した陽光が砂洲を斜めに照射している。写真を撮るにはいい光になっていた。

「こういっちゃなんですけど、寂しい所ですね。夏でもこの先端あたりは観光客なども来ないんですかね」

「そうだな、ちょっと昔のよう、親父《おやじ》の代までは七月頃から十一月頃まで漁の最盛期には泊まり込んでいたというよ。だけど泊まればユーレイが出るとよく言ってたっけなあ」

「ユーレイですか？」

「昔はこんな建物もなくてただの掘っ建て小屋だったからよ、風も吹き込んでくるしユーレイだって出てくるだろう、と俺らは言っていたけどよ」

「ユーレイはどこに出るんですか」

池田さんはくるりと私に背を向けて反対側の方を指さした。そこは野付崎の先端が大きく湾曲して幾つもの釣り針を重ねたように広がっているあたりだ。文字通り砂洲の嘴のような所で、遠くに数本の立木が見えた。

池田さんの指さす先は、幅の狭い海を隔てたもうひとつの内側の砂洲で、直線距離にして五〇〇メートルほど先だった。

「あの木の生えているあたりにユーレイが出るんですか？」

「親父の話だと、そうだと言うよ。もっとも親父のころにはあの木の向こうにももっと何本も木が生えていて、ちょっとした林のようになっていたという話だけれどね」

「その林は潮風にやられてなくなってしまったんでしょうかね」

「林だけじゃねえんだよ。あのあたりには、昔はちょっとした村みたいなのがあって、いちばんにぎやかな時は何百人も人が住んでいたんだそうだよ」

「ええ？　本当ですか」

「そう言うとみんな冗談を聞いたみたいに笑うけれど、そんな笑い話じゃないんだよ。あそこは『きらく』といってね、昔漁場が盛んな頃はあっちこっちから出稼ぎの人がやってきて人足小屋や炊き出し小屋や酒場が沢山あったそうだよ。女郎小屋もあったって言うし。ユーレイはそんな女郎のじゃないか、と親父は言ってたよ」

いきなりの話に私はやや呆然《ぼうぜん》とした。こんな朴訥《ぼくとつ》な漁師が旅人をからかうわけもないだろうから、きっと本当の話なのだ。

「もうすこし詳しく聞かせてもらえませんか」

「そのくらいしか知らねえよお。何度かそこまで行ったことはあるけどな。墓があるんだよ。もう何が書いてあるか読めもしねえ無縁仏のような墓だけど、今でも所々に残っているよ。

そうだ、そういやあ去年だったたか、福島の人たちが自分たちのご先祖の墓参りの

ために日本中まわっていて、ここにも来たことがあったな」

「福島の人ですか？」

私の気持ちは、そこではっきり池田さんに向かって身を乗り出すような按配《あんばい》になっていた。

「あそこにはどうやって行くんですか？」

池田さんは私のレンタカーを一瞥し、

「こんなんじゃ無理だね。この間の雪でぬかっているし、第一あっち側はハマナスだらけだからあいつの棘《とげ》で車が傷だらけになっちまう」

「うーむ」

私の残念そうな顔を池田さんは優しく見てとってくれたようであった。

「オレのでいくかい？　これだったら四駆だからわけはねえよ」

私は片手で拝むようにした。ハナシは決まり、私はいかにもパワーのありそうな池田さんのトラックの助手席に素早く乗り込んだ。

問題の『きらく』に行くには今来た道をいったん二キロほど戻る。砂嘴の先端部分は幾つも鋭角に入り込んだ海によって分断されていて、砂嘴は南洋の椰子《やし》の葉のような恰好《かっこう》で分かれていた。そのひとつ内側の嘴の先端に向かう道に入っていく。

そこは池田さんが言っていたようにいちめんハマナスの群生地だった。夏にはやるせなくて美しいハマナスの青い実がひろがっているのだろう。ぬかるんだ轍をがしがし強引にトラックは踏み込んでいく。数日前に降ったという雪はそのあたりにまだ沢山残っていた。

数キロ進んだところで池田さんは車を停めた。

「反対側に回ると一つあるよ」

ふいに言われたのでよくわからないまま車を降りて反対側に回った。枯れたハマナスの繁《しげ》みに小さな墓石があった。両手をついて這《は》うようにして見たが、わずかに四月十八日という文字が読めるだけで、あとの文字は風化して判読できない。

そこから一〇〇メートルほどの所には石碑があった。こちらはかなり新しいもので、

『北方警備会津《あいづ》藩士
　有無両縁三界萬霊供養塔
　きらく先住者』

と書いてあった。その脇には風化したもうひとつの墓があり、さらにその近くには盛り土された無縁塚のようなものがあった。太い柱だったと思われる材木もある。

案内板のようなものがあり、そこに幾つかの短歌が刻まれていた。

『地の果てに　夢を抱きさし男らの　ついの眠りの魂ゆるる』

裏には、この地の説明があった。

『さるおがせをまとえる木は、えぞさんざしならん。幻の街の化身の如《ごと》く佇立《ちょりつ》するノッケの砂嘴にて、蝦夷《えぞ》地東部地表の道は終わる。

かつて先住民族が住みつきたる竪穴《たてあな》の趾《あと》あり。幕末のころ北辺騒然たるとき、ここに通行小屋を設け、その周辺に「きらく」という聚落《しゅうらく》ありしと伝えらる。炊き出し小屋、板蔵、人足小屋、鍛冶屋、また遊女屋などありしとも伝えらる。

この地に集いしともがらは善男子、善女子ならん。苛酷な自然にあらがいて身を寄せ合い、生き続けたるも時を経てあらしの中に忽然《こつぜん》と消滅せしか。

くろゆり、せんだいはぎ、ひおうぎあやめなど、咲き競う砂丘に揚雲雀《あげひばり》の声は降り注ぎたり。会津藩下級武士は所在なさに、はしなくもふるさとを回想し、遊女は露《あら》わに両腕をあげ、鍛冶屋は鎚《つち》打つ手を止めしならん。

溢《あふ》るるごとく群がり寄せたる鮭、鱒《ます》、凍《い》て海の氷盤を伝いて国後《くなしり》、択捉島《えとろふとう》に通いしアイヌの昔語りもまた懐かし。はまなすの群がる中に寂寞《せきばく》と立つ朽ちたる墓碑の主は誰ぞ。知る由もなし。

ノッケ突端の砂嘴に遠き時の流れありて、幻の街を浮沈せしむ。静まりかえる地の果てに、み霊《たま》は静《しずか》に眠れり。はからずもここを訪れたるわれら、合掌せり。

さらばよし、諸霊に鎮魂の歌を献ぜん。

昭和五十九年七月二十三日

「きらく」先人を偲《しの》ぶ会　代表　荒澤勝太郎』

時間とともに雲はさらに隙間を開け、夕陽《ゆうひ》が鋭く斜めに刺し貫いていた。時折ひようと海からの風が上空を吹き抜けていく。

「そうですか、会津藩士がここに駐屯していたんですね」

「福島の人」が先祖の墓参りに来たと池田さんが言っていた意味がようやくわかった。手袋を脱いで目の前の墓に手を合わせた。『きらく』の話は本当だったのだ。

池田さんが指さしていたユーレイの出るという立木はまさしくこのあたりだった。振り向くとそこからすこし離れた所に立ち枯れの林のようなものがあった。どうやらそのあたりが昔いろんな家々のあった場所なのだろう。

かつてそれなりの賑《にぎ》わいがあり、今はそういったものが失われてしまった廃墟《はいきょ》というのは、そういう思い込みがあるからなのだろうか、独特の寂寥《せきりょう》とした気配が漂っている。

そんな風景を眺めながら私は十年ほど前に行ったタクラマカン砂漠の奥地にある楼蘭《ろうらん》の廃墟の気配を唐突に思い出していた。

そこは探検家スウェン・ヘディンがさまよえる湖・ロプノールを発見したとき偶然見つけたものだ。楼蘭はその頃からおよそ二千年前に滅びたアーリア系の人々による小さな王国であった。その王国へ行くための、一カ月ほどかけた砂漠の探検隊に私は同行し、到達した。タマリスクの立ち枯れた、白骨の林のような所で、失われた砂の王国の、その当時の賑わいをしばらく思い描いていたものだった。

その時も砂漠の上空を吹き抜けていく「ひょう」という風の音が聞こえた。

なんだかもうすこし、その嘴の先の失われた小さな集落のあたりで時間を過ごしたかったが、池田さんをそれ以上待たせてしまうのも申し訳ない。そこに残っていたいと言ったらそれもできるのだろうが、夕闇のせまりつつあるハマナスの原野から一人で帰るというのも辛《つら》い話だ。

「あんたはこういう所を専門に歩いているのかい」

池田さんの質問に私は曖昧に頷いた。

それから一カ月のち、この『きらく』について書かれた小冊子『ノッケ夜話——幻の街・キラクを訪ねて』（別海町加賀文書研究会）を入手した。別海町の役場に勤務していた森越了一さんが編纂《へんさん》したものだ。こしらえた人の手の温《ぬく》もりが伝わってくるような本当にささやかな小冊子ではあったが、当時のその周辺の地形の想像図や集落の見取り図なども入っていて、あの日見た幻の砂洲の集落とだぶらせるとじわりじわりと当時の風景が浮かんでくるようであった。

絵地図によると、当時の野付半島の先端は今よりも大きいように見える。先端には入り江があり、内海の野付湾側に突き出た砂嘴には樹齢百年を越える針葉樹林帯があったという。丘陵地には鍛冶屋・木挽《こびき》小屋・船大工小屋・飯屋（酒場）・船頭小屋が並び、最先端に港があった。そこには常に弁財船（北前船）が二隻、磯船《いそぶね》が数隻停泊していたという。

この集落に集まってきた漁夫は、下北《しもきた》・三陸《さんりく》・秋田など東北各地からの出稼ぎが多く、最盛期には八百人あまりに膨れ上がったとも記されている。半島自体は狭い場所だから、その時代だと北海道内でも相当に人口密度の高い賑わいぶりが想像される。

三月はニシンを獲る。これは外割り（開き干し）したものと、数の子、白子に分け、弁財船で江戸に送る。船は二百石から八百石の大きさであったというから港の風景も相当な賑わいだったことだろう。夏は鱒である。鱒は食べるためでなく、搾って油を取る。そのための大きな釜が浜辺にずらりと並べられ、獲られた鱒は直ちにその煮立った釜に放り込まれ、搾った油は次々に樽《たる》に詰められる。搾りかすは浜辺で干されて肥料となった。この他当然鮭漁も活発だったようだ。

今このあたりで一番の漁獲高を誇るホッカイシマエビについては文献でまったく触れられていない。

鮭漁が終わる十月中旬になると出稼ぎ漁夫たちは故郷に帰る。そして翌年の二月まで『きらく』で越冬するのは支配人の伝蔵や番屋守、土着のアイヌの数人といった程度だったようだ。

伝蔵はじっくり時間をかけて原生林を開墾し、二カ所に畑を作ったとも記録されている。しかし塩気を含んだ砂地である。よそから土を運ぶなど、開墾は相当な苦労だったようだ。果して、そこで伝蔵はどんな野菜を作ったのだろうか。『北海道地名大辞典』（角川書店）の野付半島に関する記述を見ると、かつて松浦武四郎《まつうらたけしろう》が幕命により国後探査で野付に来たときに会所に泊まり、ここの畑で収穫した野菜をふるまわれたとある。大根や蕪《かぶ》、五升薯《ごしょいも》、麦、葱《ねぎ》、キュウリなどが栽培され、沢庵漬《たくあんづ》けなども作られていたようだ。

漁期の終わりになるとアイヌに対してとり行われる「オムシャ」という儀式のことが記されている。半年分の労賃を精算したあとの慰労会である。

この『きらく』がどうして消えてしまったのだろうか。それについてはあまり詳しい史料はないようだ。おそらく——、とこの小冊子の編者は推察している。それまでこの周辺では海から湧いてくるほどいたニシン、鮭、鱒がぱったり獲れなくなってしまったのではないか——と。乱獲が原因でもあるのだろうが、海中の生態環境が大きく変化したことも考えられる。さらに漁船や運搬船の性能の向上、航海技術の進歩により国後・択捉への基地でもあった野付の役割は次第に根室港に移っていったことも大きい。それと同時に砂嘴が海に浸食されていったことも『きらく』衰退の要因の一つであったのだろう。砂嘴は確実に小さくなっている。二百年の間に原生林の殆どが水没してしまったのも事実なのだから。

これを読みおえたあと、私はもういちどこの土地に行きたいと思った。池田さんが最初に話してくれたあの立木の側のユーレイの話がどうも気になるのだ。「一人でここらに泊まれば必ず見るよ」と池田さんは笑いながら言った。そのユーレイこそはかつてこの砂嘴の先に幻の集落があったということの密《ひそ》やかなもうひとつの証

明ではないか、と思うのだ。

けれどユーレイを一人で見るのも怖い話だから、この次ここにくる時はもう少しいい季節、たとえばハマナスの花や実がしげるころ、心地いい風のなかで砂洲の先を眺めてみたい。

ところでこの『きらく』という地名の由来についてだが、『北海道地名大辞典』には「野付崎にキラクという繁華街があったという口伝があるが、出稼者が漁期に大きなたき火でもしていたのを尾岱沼の住民がそれを遠望して『気楽な奴等《やつら》だ』と言っていたのが、転化したものではないかという説がある」と記されている。

一枚の写真——父のこと

自分の息子が中学校に入学する頃までの日常的なつきあいを小説ふうに書いた『岳物語』が英文に翻訳出版されることになり、版元から「できれば著者と息子さんが一緒に写っている写真をお借りしたい」という申し出があった。

造作もないこと……と古いアルバムをひろげてみたのだが、意外なことにあまりそういう写真がないのだ。

これだけカメラが普及し、家族のスナップ写真など殆《ほとん》ど日常的に撮っていたのではないか、と思っていたのだが、それは大きな思い違いのようであった。なるほどアルバムには私と一緒にあちこちよくくっついてきた息子の単独の写真はいろいろある。ところが私と一緒に並んで写っているものがないのだ。

どこかの海べりに一緒に釣りに行き、私が息子の写真を撮ったあと、おそらくいたずらで息子が私にカメラをむけシャッターを押したのだろうと思われる、構図もなにもない発作的ワンショットというような写真に私が単独で写っているものがある。私と息子が同じ場所にいたのだということを証明する写真というのはその程度のもので、思えばなんとも心許《こころもと》ない話だ。

　わずかに一枚友人と行った南の島の旅で、私と息子がほぼ同じような恰好《かっこう》をして堤防に寄りかかっている写真を見つけた。息子も私もなんとなく照れくさそうな顔をしてそれぞれそっぽをむいていた。そいつを見て、そうか親父《おやじ》と息子が一緒に写真を撮られるために並ぶなどというのは、まあどっちにしてもブッキラボウなものになるのだろうな、と妙に客観的に納得したのだった。

　久しぶりにアルバムをひらいた時、誰でもそうするように、ぱらぱらと頁《ページ》をめくりもっと昔の写真に見入っていった。ほんの数分で強引に入りこんでいく小さな時間逆行の旅——。

　私は、自分の父親と撮った写真が果して何枚あるのだろうか、ということににわかな興味をもった。もしかすると一枚もないのではないか、という空疎感がアルバムを繰る手を早めた。今までそのようなことを意識して見たことは一度もなかったから、記憶の中にその風景は驚くほど曖昧で希薄な存在だった。何故《なぜ》か少々気持ちを苛立《いらだ》たせながら一番古いアルバムを引っぱり出し、ひろげてみた。そのアルバムは私の母が十数年前に突然送り届けてきたものだった。家族の写っている様々な写真を母が再整理し、比較的私が多く写っているものを集めて貼り整えてくれたもののようだった。

　まだ結婚後間もない頃で、私は古い家族の柵《しがらみ》や呪縛のようなものからすっかり脱《の》がれたいと思っていた頃でもあったので、母からのその届け物は厄介な追随物、という程度のものでしかなかった。

　アルバムの中ほどに一枚だけ、あった。

　ブローニー判密着の古めかしい写真が数枚並んでいるまん中へんに、父と私が一緒に写っていた。

　父は褞袍《どてら》を着て籐椅子《とういす》に座り、私はそのうしろに立っている。庭で撮っているので陽光が真正面からあたり、父の顔はひどく眩《まぶ》しそうだった。私は子供のくせにすこし気難しそうな顔をして直立し、片手をぎこちなく籐椅子の背に伸ばし、それを押さえている。

　見つけてみると記憶に明確に残っている写真であったが、ひとつだけ間違えていたことがあった。私は弟と父と三人で撮ったものと記憶していたのだ。弟と父と三人で撮ったものは別にあり、それは家の中で食事をしている風景だった。

　結局、父と私と二人だけで撮った写真はそれ一枚きりであった。私は少しだけ自

分の記憶違いをよろこぶような気持ちになっていた。

「そうか、一枚だけあったのだ……」

父が眩しそうな顔の中で、少し微笑《ほほえ》んでいる、というのもはじめて発見したことだった。微笑している父はもう病気に冒されている時期のようで、思っていた以上に弱々しく、全体の気配はすっかり老人のそれであった。

父が死んだのは私が小学校六年、十二歳の時だった。半年ほど自宅で寝たり起きたりの療養生活――というよりもむしろ回復の見込みのない闘病生活、を続け、寒い冬の午後に何の前触れもなくふいに息をひきとった。

私は五人兄弟の下から二番目で、その頃長兄は父の仕事（公認会計士）の跡を継いでいた。後で知っていくのだが長兄とは異母兄弟で、歳《とし》も大きく離れていた。

父が死んだ時すぐ上の兄は号泣し、弟もつられて泣いていた。しかし私はそんなに悲しくはなかった。姉も母も泣いている中で、私はすこしぼんやりした気分で顔にさらしの白布をかけて横たわっている父の動かない布団のふくらみを眺めていた。

その風景は大人になってもずっと憶《おぼ》えていた。布団の中で動かない父はなんともつまらない存在で、悲しみというものとは別のところで十二歳の私はつくづく茫然《ぼうぜん》としていた。

父はその町でいくつかの自治組織や団体に関係していたので葬儀には大勢の人がやってきた。家の中はたちまち騒々しくなり、親戚の者も大勢やってきた。父と顔つき体つきのよく似た叔父や、長兄とよく似た何人かの異母兄もやってきた。親類はおかしなことにはじめて見る人の方が多かった。なんとなく複雑な背景を持つ家――という直感はその頃少しずつ感じていたが、葬儀のごったがえしの中で私はけっこう面白がってあちこちの部屋を覗《のぞ》いて歩いていた。

「あんたもこれから大変だけど、しっかりしたお兄さんが何人もいるから大丈夫よ」

などと、一、二度会ったことのある叔母という人が涙声で私に言ったりした。私は小学六年生らしく素直に頷《うなず》いたりしていたが、どこか心のはじの方では「まあいいだろどうだって」というような気持ちがあった。

私は父親をあまり好きではなかった。いや、もっと正確に言えばむしろ「嫌い」だった。私にとって父親は怖くてうるさい存在でしかなかったからだ。

「お父さんに反抗してとびかかり、手をふりあげたのはお前だけだよ」

と、兄たちはよく言った。私にはそこまで反抗した明確な記憶はなかったが、いつも私だけおこられていたので、そのうちの何度かはそんなことをしたのかもしれなかった。もとより小学生の間だけだから、反抗して手を振りあげてもたちまち逆に叩《たた》かれてしまっていたのだろう。

兄や姉は、父とうまくやっていた。そして私と六歳はなれた弟はもっともっととてつもない別格で、父に果てしなく愛されているようだった。弟はまだ幼児だった。父の機嫌がひどく悪いときなどは、要領のいいすぐ上の兄はすぐ弟を父のところへ連れていった。弟が父のそばで何か好きなことを話していると、父の機嫌はたしかに確実によくなっていくのだった。

病床に臥《ふ》せっていた半年ほどは殆ど父と話らしい話をした記憶がないので、父に手を振りあげて挑みかかっていったのは十歳か十一歳の頃の筈《はず》だ。

「父も自分を嫌っている」ということには確信があった。父は何故か私の話をいつも正当に聞こうとはしなかった。

「何か嘘《うそ》を言っているのだろう、そんなわけはない筈だ」

と、父は私によく言った。兄や姉や弟の話は随分穏やかに笑って聞いていても、私が何か父に頼みごとに行くと、父ははっきり口調を変えてそのようなことを言った。なぜ自分だけ嫌われるのか、私にはよくわからなかった。

その記憶も冬だった。何時《いつ》ものように私は家の斜め向かいに住んでいる一級上の向井俊一と、同級生の菅原君の三人で中学校の校庭で遊んでいた。中学校は家から歩いて三分ほどのところにあり、近所の子供らの手軽な遊び場だった。

校庭の隅の道路沿いに鉄棒があり、そのむこうにバス停があった。

「ヒコーキ飛び」というのが流行《はや》っていて、それは見た目にも豪快な離れ技であるとともに、それを使いこなすのもかなり勇気のいる高等技であった。私はそれが得意で、向井や菅原君がまだ挑むことのできない高鉄棒の上から「ジェットヒコーキ」という一格上の技で自慢げに飛んだりしていた。

バスがやってきて、降りた客の中に父の姿があるのを発見し、私は大いに張り切った。丁度「ジェットヒコーキ」をやろうとしているところだったからだ。

私は高鉄棒の上に手ばなしで立って父にわかるように声をはりあげ、「さあいくぞ！」というようなことを言った。技に入る前に瞬間的に歩いてくる父の方を見たが、父はいつものようにややうつむきかげんにゆっくり歩いているだけで、私の方に目をむける気配はまるでなかった。

父は冬の間灰色のコートを着ていた。丈が長いのでうしろから見るとそれはマントのように見える。私の「ジェットヒコーキ」はまたもや見事に成功し、ひときわ張り切ったせいもあってその日の最長不倒距離をこしらえたのだった。

　そのあと三十分ほど飛び続け、最後に高鉄棒にぶらさがってただもう大きく体を揺する「フリコ」をやった。

「そのままとんでみろよ」

と、ふいに向井俊一が言い、私はとんだ。普通はそれで飛ぶことはないのだがなぜか私はとんでしまった。変な恰好《かっこう》で砂場のむこうに背中から落ち、腕の関節をはずしてしまった。激痛で涙が出てきた。私は二人の友達の介添えを受けて家に戻り、怪我《けが》をしたことを告げた。

　母親がおろおろして出てきてすぐに医者に行かなければ、と叫ぶようにして言った。けれど帰っている筈の父はまったく玄関口に出てこなかった。

「つめたい人なんです。この人はつめたい人なんですよ」

と、母はやはりおろおろ声でそう言った。

　怪我はたいしたことはなかった。その頃は病院に行かないまでもよく手や足を切ったり打ったりの傷をつくっていたから、関節を元に戻して激痛が収まるとどうということはなかった。

家に戻ると父は部屋の襖《ふすま》ごしにひくい声で私を怒った。

「あんな危いことをしていたら怪我をするのが当たり前だ」

父はそのようなことを言った。あのとき父はちっとも鉄棒の上の自分を見ていないと思ったのだけれど、いつの間にかきちんと見ていたのだ、ということに私は驚いた。「そうか見ていたのか。だったらまあいいや……」と、その時私は思った。

「危いと思ったならその時お父さんが注意してたらこんなことにならなかったのに。本当にこの人はつめたい人なんだ」

と、母はまた言った。母の声がうるさかった。


父は濃い緑色の蚊帳《かや》の中で寝ていたので、次のその記憶は夏の間のどこかなのだろう。もう病床に臥せっていたのだから、私は小学校六年。最後の夏休みの日々だった。


小学校の先生の家に遊びに行こう、ということになった。クラス担任は小林茂美先生といってまだ若く素晴しく子供好きの気持ちのいい教師だった。生徒たちから人気があり、夏休みの間何人もの生徒が先生の家に遊びに出かけていた。

私はその日、同じクラスの菅原君ら数人の同級生とその夏二回目の先生の家への遊び訪問に出かけることにした。中学一年で全然小林先生とは無関係ながら、私たちが行くと遊び仲間のいなくなってしまう向井俊一が気の毒なので、彼も連れていくことにした。小林先生はそういう子供もわけへだてなく迎えいれてくれる人であった。

小林先生の家はその町から電車で四駅目のところにあり、弁当代もほしかったので、出がけに母にいくらかの小遣いを貰《もら》っていった。

先生の家に行くとほかのクラス仲間もきていたので、近くの公園で野球をやることになった。先生の母親が昼食にカレーライスをつくってくれて、何杯でもおかわり自由、という興奮すべき大サービスをしてくれた。

夢中になって遅くまで遊び、日が暮れてから家に帰った。

母親が出てきてすぐ父のところへ行きなさい、と言う。どこへ行ってきたのか説明しなさい、と父は聞いている、と母親はやや不安そうな顔で言った。

その日の野球のこと、そして昼食の大量のカレーライスのことなどを父に話すと、父は「どうしてそのような嘘をつくのだ」と言った。

「おおかた映画でも見てコッペパンでもたべてきたのだろう」

と、父は苦しげに咳《せ》きこみながら言った。

父がなぜそんなことを言いだしたのか私にはまったくわからなかった。

（どうして信用してくれないのだ！）

と、私は怒り、そして茫然とした気持ちになった。こんな父親なんか死んでしまったらいい、と私はすこし涙を流しながらそう思った。

こんなふうにいくら思いだしても私は父となにかとても気持ちのあたたまる優しくてやわらかい会話をした記憶がまるでない。考えてみると父と私にはきちんと会話をして触れあう時間というのがあまりにも少なすぎたのだ。

兄や姉たちは元気な頃の父親のことをいろいろ知っていて、折に触れてよくそんな話をした。世田谷《せたがや》に住んでいた頃、オートバイに子供を三人乗せて多摩川《たまがわ》まで泳ぎに行った——とか、水戸《みと》の大洗《おおあらい》の海岸で父が遠泳競技に出場するのを家族みんなで見に行った——などという話は私にはとうてい想像もできない父親の姿であった。フト兄たちと私は異母兄弟ではなく異父兄弟だったのではあるまいか、などとかなり成長してから考えたりしたこともあった。

私は父親が死んで七年目に家を出た。十九歳だった。「家出」という訳ではなかったが、一人で自由に生きていきたかったのだ。

母親にそのことを話すと、母は「やっぱりお父さんの言ったとおりだったね」と、意外なことを言った。

「親父がいつそんなことを言ったね？　ああ、そうか最近の夢か」

母が夢でときどきお父さんと話をするのだ、と言っているのをその瞬間に思いだした。

「あんたがまだ小さい頃にそう言っていたのよ。あんたはいつかどこかへとび出していくだろうってね」

「本当か？　小さい頃って、まだまるで小学生じゃないか」

「そうね、そう言ったのはあんたが最初に家を出ていったときだったかね。あんたはよく家出をしたでしょう。怒られるとすぐ出ていくようになって……」

「そうかね……」

私はすっかり家出のことなど忘れていた。母にくわしく聞いて、やがてそのいくつかを思い出していった。

「一番最初はせんだんの木のときだったかね、あんたは小学四年か五年で布団をもって家出したんだよ」

「せんだんの木のとき……？　布団をもって……？」

人間の脳の記憶の保存というのは不思議なものである。ほんの一瞬前までまったくその記憶の破片すらないものが、なにかをきっかけに思いがけない回路をつかれると、なんとか必死になって思い出していくものらしい。

庭の真ん中に生えているせんだんの木に登り、かなり太い枝にぶらさがってそいつを折ってしまったとき、父は私に「もうこの家の中で寝なくていい」と言った。よく考えるとそれは「出ていけ」というものだな、とわかったので、私は向井俊一に頼み、彼の家に越すことに決めた。

向井俊一は役所に勤めている静かでおとなしい父親と、それに輪をかけて、おとなしい――というよりもむしろ〝陰気〟といった方がいい母親との三人暮らしで、俊一に友達が少なかったから私がいくのを歓迎しているようだった。

私は布団を持って向井の家に泊まった。向井俊一は何日居てもいいと言うのだが、翌朝、向井の母親が「あんたが自分の家に帰らないと私が困るので」とおそろしく顔をしかめながら言いに来た。

仕方がなく、布団を持って家に帰ると、家の中は普段とまったく変わりなく、私の折角の家出が家の者の話題にすらなっていないのを知ってかなり落胆した。

――それが私の人生初の一泊の家出なのだった。

「親父はおれのこと嫌いだったろう。なんとなくわかっていたけれど……」

その日、話のついでにそんなことを母に言うと、母は一瞬向井俊一の母親のように顔をしかめながら「子供を嫌う父親があってたまるものですか。お父さんは、もしかすると、あんたのことを一番気にかけていたのかもしれないよ」

と、また意外なことを言った。

「あんたは戦争の終わりの頃に生まれたので、もうなんにもモノがない頃でね。いつもネンネコであんたをおぶって買い出しに出てましたよ。その頃からお父さんはあんたを実によく可愛《かわい》がっていた。こいつはおもしろい子だってね……」

私はなんだかヘンテコな話になったな、と思って、それを聞いていた。それまでかたくなに思っていた父親像とは随分違う父の顔が私の前にゆらりと現れ、けれどそれはすぐに消えた。

家を出た私は忙しく、慌しく、熱くて過激な青春時代をすごさなければならなかったからだ。

向井俊一が女装したまま中学校の校庭で殺されていた、という話を聞いたのはほんの四、五年前のことだった。私は四十三、四歳になっている頃で、それはとても思いがけない話だった。向井俊一は一歳上だったから、話どおりとすると女装した中年男が殺されてしまったというなんとも猟奇的な事件で、それがあの幼なじみと同一人物とはとても思いづらかった。

向井が私にとってとても思い出深い中学校の校庭で殺されてしまった、ということを考えているうちに、高鉄棒での「ジェットヒコーキ」をやっていた頃のことを思いだし、しだいに父のことまで思いをつなげていた。

そして私はその時に怒られたのも、小林先生の家へ行って訳もなく怒られた時もみんな向井俊一が関係していた、ということに気づいたのだった。

今となっては何もわからないけれど、もしかすると父は、私が向井俊一と親しく遊んでいる、ということに何か特別の警戒心をもっていたのかもしれない……などとつい考えたりするのだ。

家を出て五年後、二十四歳の時に自分で好きな女性を見つけ、結婚した。相手の女性も父親がいなかった。彼女は私よりもうんと早く一歳の時に戦後動乱の大陸で父を亡くしているのだ。

「父親の記憶なんてなんにもない。写真を見てああこの人がおとうさんなのか……

って思うくらいで」

私の妻となったその女性はすこし蒼《あお》みがかって、実に奥の深いいい眼《め》をしていた。その人がひろげた古いアルバムの中の父の写真は娘とよく似ていた。眼が同じようによく澄んでいた。けれどその父とまだ赤ちゃんだった彼女が一緒に並んでいる写真はただの一枚もないのだ。


私と妻が結婚式の時に互いに話しあったのは、「お互いのために、そして子供が生まれたらその子のためにも永く生きていく——」というものであった。

やがて自分が父になってしまうと、私は自分の父のことなど殆ど考える時間がなくなった。ときどき「親父なんかいなくても結構ちゃんと生きているぜ」と思ったりする程度だった。

この文章を書く時に、先日発見した父と私が一緒に写っているアルバムを引っぱり出し、黄ばんだその写真をもう一度じっくり眺めて見た。

その時も思ったのだが、私の父はあまりにも老人ふうであった。いったい父は何歳だったのだろう、と思った。父が死んだあと、私はなるべく父のことなど考えないで生きていこう、と思っていたので、父の死んだ年齢すらよく憶えていなかった

のだ。

私は母に電話を入れ「親父は何年生まれだったのですか？」と聞いた。

「明治二十二年」という答えが返ってきた。写真を撮ったのは死ぬ一年ほど前のものだろうから、計算すると小学五年の私は六十七歳の父と並んでいたことになる。

あとがき

こういう写真と文章のくみあわさった紙芝居みたいな本が好きで、なんだかんだやっているうちにこの本で十三冊目か十四冊目になります。自分の本なのに数が曖昧なのはこの本とほぼ同じぐらいの進行で別の出版社から『海を見にいく』シリーズのPART2が出る予定だからどっちが早いかな、という状態なのです。まあ普通、賢い人だと同じような作りの本を同じような時期には出さないものなのだけれど、すべて成り行きでやっているのでしょうがないのです。

犀《さい》のマークの晶文社からは一九九六年発行の『風の道 雲の旅』に続いて二冊目で、ブックデザインは平野甲賀さんという贅沢本《ぜいたくぼん》です。嬉《うれ》しいのであります。

気がついてみると小説やエッセイだけではなく、こういう写真の仕事もこれで結構ながいことあっちこっちでやっていて、その中で一番長いのは『アサヒカメラ』

の連載「シーナの写真日記」で、今年で十四年目になりました。『アサヒカメラ』はプロの写真家の雑誌ですが、なかなかフトッパラで、ぼくのような「ついで写真家」にまだ連載をやらせてくれてますので嬉しがって相変わらずいろんなところでいろんなのを撮っています。

それともうひとつ『週刊金曜日』の表紙写真も担当しておりまして、これは今年で七年目。こっちは毎週でしかもカラー写真なのでなかなか難しく結構ヒハヒハ言っています。

ところでこの本のタイトルは前作が『風の道 雲の旅』というものでしたからどうもそれが頭にあってこのような『笑う風 ねむい雲』というものになりました。旅の写真が圧倒的に多く、しかも野外が殆《ほとん》どですからどっちみち風だの雲だのが関係してくるので、まあ間違いないかな、などと思っております。『風雲シリーズ』です。わははは。

それからまあこれはどうということもないのですがこの本の写真に使ったカメラを書いておきますと、旅には機械式のカメラがやはり安心で、昔使ってたニコンF3を再び多用するようになりました。それにコンタックスT2とクラッセ。コンパクトAFはなにかと楽です。時々ライカM6とコンタックスRTSを使います。この間インドシナ三国の取材に行ったときは初めて高級ＡＦカメラを持っていったけれど湿気と衝撃で三台壊れてしまいました。旅の写真は体力とカメラの消耗が激しいです。

文庫版のためのあとがき

ありがたいことに、いろいろな雑誌や新聞などからずっと写真の仕事依頼があって、難しくて時間のかかる小説などでヘトヘトになっていても、それが終わればカメラを持って旅に出る、ということが決まっていると、小説仕事に加速がつくんです。

本書の時代はすべてフィルム写真ですから持っていくカメラを旅先によって考え悩む、というのも楽しみでした。ズーム付きの大きなカメラと単レンズの小型カメラ、それにオートフォーカスカメラ。だいたいその三機能から選ぶわけですが、コンパクトカメラ（コンタックスＴ２）は必携だった。暑いときは別ですがそうでないときはフィールドパーカの胸ポケットにストンといれて、おっ、と思う風景や人にあうと「あっ」という間にパチリと撮ってしまうんです。クルマで移動しているときも、馬に乗って走っているときも撮っていた。馬の場合はカウボーイの早撃ちみたいなかんじです。モンゴルやパンタナールではよくそんな撮り方をしてました。でもそういう乱暴な撮り方をしていたのでメコン川の底に一台、アマゾンに一台飲み込まれてしまいました。不注意なのでカメラはあきらめたけれどあのフィルムが惜しい。釣り師がのがした魚が全部立派で大きいと言うように、あの写真はきっと名作だったと思います。

写真の撮り方はデジタル時代に入るとずいぶん変わってきて、どちらかというとぼくはフィルム式のほうが好きなのですが、いまは否応なしですね。でも長い旅になると圧倒的にデジタルは有利だし、最初は邪道だと思っていた「撮ってすぐ確認」というやつもいつのまにか慣れてしまいました。

被写体はやはり人間や動物が好きですね。でも昨年まで三年間、あるグラフィック雑誌で日本中のカレーライスとステーキばかり撮る旅の写真シリーズがあって、これは旅そのものは面白かったけれど、写真としては退屈だった。カレーや肉はじっとしてますからねえ。熱々なのを強調するために素早くやるのがまず第一。それに光の角度を考えるぐらいしか写真を撮るほうはやることがないですから、やはりぼくはスナップがいいんだなあ、と再確認したような仕事でした。

ぼくの写真の育ての親は、本書で「解説」を書いていただいている堀瑞穂氏です。長いこと『アサヒカメラ』でぼくの担当兼トレーナー的な方でよくアドバイスをいただいていました。

あるとき文学賞をもらって副賞が百万円でした。なにか記念になるものを買おう、と思い高嶺の花だったライカでいこう！　と決心しました。でもぼくにはどんなライカでどんなレンズがいいか皆目わからない。そのときは堀氏に全面的に選んでもらいました。ライカM6にレンズ三本。これはいくらデジタル時代だろうと、いまだにぼくの勝負カメラになっています。ただしあまり勝負の場はないのですが。

この本の親本（単行本）は晶文社発行でA5判の横開き、写真が沢山載る本としては理想的でした。おまけに函入り、装丁は平野甲賀氏で最高のくみあわせ。平野氏には文庫版の装丁もやってもらいました。ありがたきしあわせ。

いろいろな方にお世話になってこの本が文庫としてまたよみがえったことを感謝します。

椎名　誠

初出一覧

旅の窓から見ていたあわいの空やころがっていく風のことなど……。
「新潮ムック　でっかい旅なのだ。」(新潮社)　二〇〇一年七月
アマゾンの老漁師の家にはベンジャミンという名のワニが棲みついていた。
「天上大風」(立風書房)　二〇〇三年八月
チベットの怖い目をした仏さまにまた会いに行きました。
「天上大風」　二〇〇三年五月
アンコール・ワットの遺跡群にくたびれたので痩せたノラ犬と一休みしていた。
単行本時書下し
氷河の上の三本の牙パイネ山塊に向かう馬の旅。
「ＰＯＷＥＲ」(住友建機)　二〇〇二年七月
人はどこにでも住める。家ごと動き回ることもできる。
「ＰＯＷＥＲ」　二〇〇二年十月
スコットランドの北でダウザーという水脈探し人に会った。
「ＰＯＷＥＲ」　二〇〇一年十月
アザラシのためのバイオリン・コンサートを覗いてきました。
単行本時書下し
硫黄温泉の島。竹に覆われた島。トカラの一週間。
「青春と読書」(集英社)　一九九七年十二月

ニンジン島のやわらかい冬。三線とカチャーシのあつい夜。
「コーラルウェイ」（JTA）　一九九六年若夏号
草原の国モンゴルで光や時間や酒や馬のことなどについて考えた。
「POWER」　二〇〇一年二月
バリ島の贅沢な闇のなかたいまつの炎の下でしばらく黙りこんでいた。
「天上大風」　二〇〇三年七月
メコン川のコン島にいた元気な少年少女たち。
「天上大風」　二〇〇三年十月
九龍デルタの田舎の町でギラギラしていた海や川。
「天上大風」　二〇〇三年六月
遠くから砂嵐がやってくるのを見たことがある。
「POWER」　二〇〇一年七月
やわらかい砂の海を西に進んでいくと塩の川があった。
「天上大風」　二〇〇三年九月
アメリカに住む家族に会いに行く小さな旅のこと。
「POWER」　二〇〇〇年四月
北の果てのまぼろしの集落『きらく』ものがたり。
「別冊文藝春秋」（文藝春秋）　二〇〇一年冬号
一枚の写真――父のこと
「小説新潮　臨時増刊号」（新潮社）　一九九二年七月

解説——天下御免の二刀流

堀　瑞穂

椎名誠さんの文と写真による旅ものシリーズはけっこう多い。そのなかでもっとも長く続いているのが写真の総合雑誌「アサヒカメラ」の「シーナの写真日記」だ。しかし、このかたちになるまでには三年ほど曲折の助走期間を必要とした。

一九八九年四月号から始まった「旅の紙芝居」は、旅先の話とそのときに撮った写真で構成したもので、現在のスタイルと基本的に変わらない。ところがこのあと編集長が交代して、これは一年で終わってしまった。そして新たに、椎名さんが交遊のあるさまざまな分野の人を、みずから文と写真で取材するという企画が始まるのである。

編集部員たちも、贅沢《ぜいたく》な企画だが、うまくいったらおもしろいだろうと、最初は歓迎ムードだったのだが、期待とは裏腹に椎名さんはみるみる生彩を欠いていった。なにより椎名さんらしさが影をひそめてしまったのだ。カンフル効果になればと、タイトルも「写真劇場」「人間劇場」と変えてはみたが、外部の人からも「あれならべつに椎名さんでなくてもいいんじゃないの」といわれたりした。

椎名さんは若いころから映像づくりの志向が強く、この方面の自主制作の経験がのちの映画監督の仕事にもつながっていくのだが、たとえそうではあっても、よく知っている人を改めて文と写真で取材するというのは、他人行儀のようでやりにくかったのだろう。椎名さんも後年、「あれは失敗でしたね」と述懐している。椎名さんは編集部が仕事を依頼するカメラマンとは、もちろんちがう。「旅の紙芝居」というタイトルを考えて企画を提案した私も、もういちど旅ものに戻ってもらったほうがいいと考えていた。

そのことがあって一九九三年一月号から連載は「シーナの写真日記」と名を変え〝新装開店〟するのである。シリアルナンバーもリセットされた。ご自身の発案だったが、やはりこれが正解だったのだ。「シーナ」は八面六臂《はちめんろっぴ》、自由闊達《かったつ》を意味するまたの名のようなものである。これ以降、軽妙な旅の文と写真はうまくかみあって、椎名さんの面目はいきいきと発揮されていった。

古い話をひとつはさんでおきたい。

「旅の紙芝居」の最初の原稿を受け取ったのは東京・銀座のソニービル前だった。このあたりは待ちあわせ場所としてはわかりやすいのだが、数寄屋橋《すきやばし》のスクランブル交差点の信号が歩行者専用になると、大勢の人たちがめまぐるしく行き交うので、大切な原稿を路上で受け渡しをするのはどんなものだろうと、少し不安があった。

しかし時間どおりにやってきた椎名さんは、そんなことにはかまうふうではなかった。私たちはすぐにその場にしゃがみこみ、椎名さんが何点かの四つ切プリントを地面にひろげ、これとこれをこんな感じでという説明があって、打ち合わせは終わり、そのまま右と左に別れていったのである。異国人もひそむ不特定多数の群衆の足元で、すれちがいざまに取引めいた作業をするというのは初めてだったので、いまも忘れられない。

このときの記憶は、以前、近くの図書館で椎名さんの『北への旅　なつかしい風にむかって』(PHP研究所)を読んでいて、いちどよみがえったことがあった。このなかに摺沢《すりさわ》(一関市)の水かけまつりの話が出ていたのだが、「旅の紙芝居」の第一回がまさにこの雪降るまちで行われた厄年の裸の男衆に水をかけるというまつりだったからである。図書館の本に掲載されている写真を見て、これと一連のカットがソニービルの前で預かった写真のなかにもあったなと思い出したのだ。

このときは媒体、書く内容、カットが異なると、こうも違った印象になるのかと、自分が手を変え品を変え誌面をつくる編集者だったことも忘れて感心したおぼえがある。しかもこのときの話は、椎名さんが作家として独立してまもないころの文と写真の仕事がもとになっていたのである。写真をうまく使って、ひとつのまつりにちなむさまざまなものがたりを、いくつもつむぎだしてみせる。やはり作家なのである。

椎名さんは写真家といえるんでしょうか——。

これは他の編集部員がときどき私に仕かけてくる婉曲《えんきょく》ないちゃもんのようなものだった。巻頭グラビア（口絵）のなかで椎名さんのページが他の写真家たちの作品にくらべてあきらかに異質であることを、あなたはどう思っているのか、というのである。

業界老舗《しにせ》のグラビアには、それなりの伝統的な色合いというものがある。新しく配属されてくる部員たちがやがてその色に染まり、写真について一家言をもちはじめると、連載の担当者であり古参でもある私にこんなふうに意見をいうようになるのだ。それはそれで頼もしいことであった。

しかし私はそのつど信念を貫いてきた。

たしかに椎名さんの写真は異質である。強いインパクトがあるわけでもない。親しい写真家たちと酒を飲んだりするたびに勃発する話題でもある。だが、このような写真が箸休めの役割を果たし、ほとんどがアマチュアである読者を安心させるのだと私は考えていた。椎名さんの作品を箸休めあつかいにするのはいささか気が引けるが、たとえていえばそういうことである。

椎名さんの写真には誠がある――。

これが私の答えだった。

いつのことだったか、ある女性編集者からナマコ好きの椎名さんが、そういえばお名前のなかにすでにナマコがはいっていますねといわれて、おおそうだったたとうれしそうにこたえるというエピソードを読んだことがあるが、私の言い方もそれに似ているかもしれない。

椎名さんの写真にはまごころという名の誠がはいっているのだ。これは「旅の紙芝居」のときから変わっていない。写真編集者の目から見れば、正統といえば正統、素人《しろうと》っぽいといえばそうかもしれないという写真である。おおざっぱに分類すれば、口絵向きの〝芸術〟ではない写真ということになるだろうか。

しかしそのまなざしは好奇心と愛情にみちていて、けれんがなく、見ていて心がなごむ。写真の本質はもともとこういうものではないかと思わせるものがあるのだ。写真雑誌でなければ、いちゃもんの対象にはならないし、むしろ旅の作家にしてはうますぎる写真なのである。

椎名さんは「ぼくの写真はファミリー写真が原点ですから」という。自分の家族を撮るように、その延長で人びとを撮り、暮らしを撮り、その周辺の風景を撮り、雲や風まで擬人化する流儀で世界を歩きまわっているのである。

最初の連載「旅の紙芝居」が始まったころ、私は椎名さんの著作を片っ端から読みあさって感じることがあった。とくにエッセイや紀行には固有の〝シーナ弁〟やおかしみ、ギャグもまじるが、この人の文章は明治時代の作家たちがめざし、けっきょくは実現できなかった言文一致体の究極のすがたかもしれないと思ったのだ。

みずからを「空気頭」と謙遜するところからすでに笑わせられるのだが、けた外れの読書量で得た知識が充満した頭脳は奇怪無限の想像力を縦横にかきたて、加えて並外れた五感と体力で見聞し体験したさまざまな出来事を、ビールと酒と醤油《しょうゆ》の力を少し加えてそのままおもしろおかしく書くことができるのである。そこには椎名さんそのものの生のことばのリアリティがある。

小説はその一方にあるもうひとつの世界である。私は少し前に読んだ『三匹のかいじゅう』(集英社)のような作品も好きだ。椎名さんはこれを純雑文の類ととぼけているが、もちろん言葉の綾《あや》である。私の目には往年の名作『岳物語』(集英社文庫)からの系譜につらなるファミリー愛にみちたやさしく温かいものがたりとして映ったし、これが椎名さんの本質ではないかと思う。そしてこれら一連の小説に描かれる孫やこどもたちの描写はファミリー写真そのものなのである。人が好きだという椎名さんの旅の写真も、この肌合いに発露し、さまざまな旅先の出会いとなって記録されてきたのだ。

こうしてみると、「旅の紙芝居」が回を重ねていけば、言文一致からさらに進んで写文一致という新しい表現領域がうまれるかもしれないと考えていた当時の私の思いは、実体としてもともと椎名さんに存在しているものだったのだ。

椎名さんは小説を書くとき、いくつもの映像(写真)を組み合わせ、それを頭のなかで思い描きながらものがたりをつくっていくこともあるという。たしかに写真には一枚、一枚にものがたりがある。

「アサヒカメラ」での連載が始まったころ、こんな話を聞いたことがあった。

少年時代に写真好きの長兄の本棚にあった写真雑誌を見ていて、それらの写真には説明が書かれていないので、どういう状況でのものかわからず、ずいぶんもどかしい思いをしたものだという。読者には作品だけ見せればよいとする写真家はいまも多いが、このもどかしさは私もおなじである。

もちろんそうではない写真もある。「荒れる中学生だった」という椎名さんだが、たとえば小春日和の縁側で赤ん坊を日向ぼっこさせているような一枚には思わず心がなごむのである。ここにはファミリーを原点とする普遍のものがたりがある。少年時代、青年時代と血肉がたぎってしばしば暴走もしたが、けっしてぐれることはなかったという「椎名さんの誠」がここにあったということだろう。

「旅の紙芝居」から数えると「アサヒカメラ」における椎名さんの写真はもう二十六年目にはいる。「シーナの写真日記」も二十三年目を迎えた。「アサヒカメラ」は今年から誌面を一新したが、その席はいまも健在である。小説も書く写真家といわれることもあると笑う椎名さんだが、左脳と右脳が一体になった二刀流の使い手として、いまや不動の位置にいるといっていい。

本書『笑う風　ねむい雲』の親本のあとがきには、この作品がまとめられたのは

「シーナの写真日記」が十四年目にはいったときだと書かれている。改めて見れば、このころすでに二刀流の妙技は十分に発揮されていたことがわかる。

最近、私は近くの書店でその他もろもろの書棚にはさまれていた椎名さんの『アイスプラネット』（講談社）という小説を偶然見つけ、さっと中身を見てすぐに購入し、家に帰ってから一気に読んだのだが、じつにいいのである。これは光村図書の中学二年生の教科書用に書いた短編小説を骨子に新しく書かれたものだが、小説に登場する物知りでいつも旅をしているおじさんの仕事は写真家である。ここには椎名さんのこどものころの記憶から、世界中を旅し、写真を撮る椎名さんの現在にいたるまでの人生も重なりあっていて、いつか見たことのある写真も挿入されている。短い期間だったとはいえ、写真大学に籍を置いたこともある椎名さんの思いがアイスプラネットのなかに結晶しているのだ。

椎名さんにはすでに文と写真による著作が数多くあるが、写真集として特筆しておきたい作品もある。『ＯＮＣＥ　ＵＰＯＮ　Ａ　ＴＩＭＥ』（本の雑誌社）とその続編にあたる『五つの旅の物語』（講談社）がそうだ。目下のところこの二編は椎名さんがまぎれもなく写真家でもあることを示した大きな作品集であると思う。

（ほり・みずほ　「アサヒカメラ」編集部ＯＢ／フォトエディター）

この作品は二〇〇三年十二月、晶文社より刊行されました。

椎名誠の本

風の道　雲の旅

モンゴルの草原、アルゼンチンの犬……。旅先でとらえたモノクロ写真が呼び起こす風景や人々。珠玉フォトエッセイ。

メコン・黄金水道をゆく

四十五日間、四五〇〇キロ。黄金水道と呼ばれるアジアの大河メコンを縦断！　旅と河と人々の暮らしを豊富な写真と文でつづる。

砂の海　風の国へ

シーナが目指すのは憧れの「さまよえる湖」。過酷な旅を進み、最終地点で待っていたものとは？　異色シルクロード紀行。

集英社文庫

集英社文庫

笑《わら》う風《かぜ》 ねむい雲《くも》

2015年1月25日 第1刷　　定価はカバーに表示してあります。

著者 椎名《しいな》 誠《まこと》
発行者 加藤 潤
発行所 株式会社 集英社
東京都千代田区一ツ橋2-5-10 〒101-8050
電話 【編集部】03-3230-6095
【読者係】03-3230-6080
【販売部】03-3230-6393(書店専用)

印刷 株式会社 廣済堂
製本 株式会社 廣済堂

フォーマットデザイン アリヤマデザインストア　　マークデザイン 居山浩二

ISBN978-4-08-745275-4 C0195